「……
この
なんだ」

Ms.Olivia dies when she is loved.
Illustration：DSmile

「オリヴィア嬢。クラース様の婚約者でございます」
「クラース様。お初にお目にかかります。オリヴィア＝アシェルと申します。お会いできて嬉しいです」
「……」

一章

初夏

出会い

Ms.Olivia
dies when she is loved.

「お嬢さん」

「……」

「そちらの美しいお嬢さん」

「はい」

美しくも禍々しい扉のドアベルを鳴らそうとしていたオリヴィアは、誰かにそう呼ばれて顔を上げた。

男性が二人。老齢とおよそ三十代くらいの、身なりのいい紳士たちがオリヴィアに歩み寄って帽子を取り、紳士的な距離を置いて足を止めた。老齢の紳士が口を開く。

「そちらが悪名高きアッペルトフト娼館の扉とご存じのうえで、そのベルを鳴らすおつもりですか」

「はい。男の天国、女の地獄。一度入れば命あるうちには二度と日の光を浴びられぬ代わりに、厳しいお眼鏡に適えば家のものに金貨五十枚を気前よく払ってくれる淫欲の商人の館の扉と存じたうえで、今まさにベルを鳴らすつもりでおりました」

「あなたのような美しいお嬢さんが、なにゆえに」

「大商社の社長であった父が、国の威信をかけた品を海外に運ぶ途中で嵐に巻き込まれました。大船十隻と自身の命を失い、屋敷と財産は全て没収。路上に放り出され母が病に倒れ、弟と妹はまだ未成年でございますの」

「お気の毒に」

「よくある話ですわ」

老紳士はじっと、オリヴィアを頭の先から爪先まで見た。

「美しいお嬢さん」

「はい」

「どうせならば我が家の主人のために死んでくれませんか。うちなら金貨百枚出しましょう」

「お支払いの時期は？」

「前五十枚、成果報酬五十枚でいかがでしょう」

にっこりとオリヴィアは微笑んだ。この紳士たちが身に着けているものの総額を、おそらくオリヴィアは正確に言い当てることができる。

高そうに見えない高いものをさらりと着こなす、身分はおそらく使用人。この人たちの主人は金持ちだ。

「謹んでお受けいたします。今の内容、念のため紙に書いてくださいまし」

微笑みながら、オリヴィアはゆったりと礼をした。


クラース＝オールステット。二十一歳。

それが彼らの主人。古くから王家に伝わる古文書を読み解く、歴史学者の家系の一人息子。父も母もすでにこの世になく、屋敷の一室に閉じこもり、数人の使用人だけを身の回りに置き、自身は一日中書と向き合って暮らしているという。

「失礼ですがお嬢さんはおいくつで？」

「十七になります」

「花の時期でございますな」

「はい。短い短い、花の時期でございます」

微笑むオリヴィアを、老齢の紳士がじっと見る。

なお皆馬車の中だ。向き合ってことことと揺れている。

「おっしゃることに嘘がないかは人をやって調べますので、正直にお話しください」

「わたくし嘘は申しません。ご自由にお調べになってください」

オリヴィアは改めて紳士たちに向き直り、背筋を伸ばし微笑みながら彼らを見据えた。

「申し遅れました。わたくしオリヴィア＝アシェル。アシェル商会の娘でございました。つい先月まで」

あっと二人は声を上げた。一人の男が立ち上げた商社の、勢いのある大出世ののちの大悲劇。皆、面白おかしくご存じなのであろう。

オリヴィアは背筋を正したまま目を伏せず、口元の微笑みも消さない。何一つ恥ずかしいことだとは思わない。父は汚いことや悪いことをしたわけではない。正面から大仕事に挑み、不運にも敗れただけだ。どんな大きな商社に育っても、あの人はいつだって勇気ある立派な海の男だった。

その日に焼けた精悍な顔を思い出し、胸が痛んだ。一世一代の大仕事だと張り切っていた。誇っていた。沈みゆく船の中で、父はどんなに無念だっただろうと思う。

「家の事情は先ほど申した通り。前金五十枚は家に運んでくださいますか。家にはもう、薬代がないのです」

「わかりました。このたびのご事情に加え、この人目を引く麗しいご容姿。調べは難なくつきましょうから、なるべく早く」

「どうかお願いします。わたくしに甲斐性がないせいで、家を出るときに作ったスープがなくなったら、あの子たちはもう、明日……食べるものすらないのです」

残してきた家族の顔を思い出し視界が滲むのを感じ、オリヴィアは深く頭を下げた。紳士たちが目を合わせ、老齢の紳士の手が伸びそっとオリヴィアの肩に触れる。

「おやめください。本当ならば頭を下げねばならぬのは、我々の方なのです」

「……死ねとおっしゃいましたね」

「はい。あなた様には死んでいただかねばならぬのです」

「……お話しください」

そうして老紳士は語り出した。

先々代、クラースの祖父の時代に起きたことだ。

祖父の名はアードルフ。有能な学者であったが、彼は妻を迎えたのち、真実の愛に目覚めてしまった。

「ろくでもない予感がいたしますわ」

「そうでしょう」

うんうんと若いほうの紳士が頷いた。これまで発言がなかったが、穏やかないい声だ。

細身の体にこちらも地味だが高価な紳士服。品よくさっぱりと整えられた茶の短髪。穏やかで優しげな顔立ちに、賢そうな深い茶の目が光る。

「あ、失礼。名乗っておりませんでした。家名も出ましたしもういいでしょう、オールステット家の使用人、兼クラース様の助手の、コニーと申します」

「同じくトビアスでございます」

二人が頭を下げたので、オリヴィアも倣った。

「トビアス様、コニー様、よろしくお願いいたします」

トビアスがそっと手を立て首を振り、再び礼をしようとしたオリヴィアの動きを制する。

「おやめくださいませ奥様」

「あら？　嫌な予感がするわ」

そうしてトビアスが語りに戻る。

祖父アードルフが妻に迎えたのは、貴族の娘であった。名をカミラという。

気位の高い彼女は、夫が書斎にこもりきりで自分を顧みないことを苦々しく思い、その態度は日を追うごとに棘だらけ。二人の間に夫婦らしいあたたかなものは何もない。

安らぎを求め外に出たアードルフは、夕暮れの路上で貧しくも美しく、はかなげな花売りに出会う。

「あー……」

「口説き文句は『この、世界で一番美しい花が欲しい』」

「あー…………」

女を囲い、アードルフは通った。

そのうちに彼女との間に子ができた。アードルフによく似た男の子だ。

夫の態度に不信感を募らせていたカミラはある日その事実に気づいた。夫の書斎で、彼女宛の手紙を見つけてしまったのである。

「そこはちゃんと隠しておきなさいな！」

「ねえ」

カミラは呪った。彼女の生家に伝わる呪術をもってして。

銀の針を己の身に刺す。流れた血を小瓶に溜め、針はそこに浸しておく。

毎夜毎夜、全百夜。その針を呪いたい相手のいる家の中のどこかに隠し、最後の仕上げに、己の命を断つことでその呪いは完成する。その針が屋敷の中にある限り、カミラの呪いが解けることはない。

「カミラは自分の寝室で毒をあおり、死んでおりました。『カミラの百滴の血はオールステット家を三代呪う。オールステットの男が愛した女は、十二月の満月の夜に死ぬ』と書置きを残して」

「……女の呪いでございますね」

そこはシンプルに『死ねアードルフ』でよかった気がする。だがそこで、夫が愛した女と子を呪いたくなるのが、女というものなのであろう。

美しい花売りは十二月の満月の夜に別邸で死んだ。アードルフと花売りの子、セリシオだけが残され、その子はオールステット家の跡取りとなった。先代、クラースの父である。

「アードルフ氏はおいくつまで御存命でしたの？」

「五十の歳に、流行り病にかかりまして。ところでここがポイントなのですが」

「はい」

「花売りの死後、アードルフ様はまた真実の愛に目覚めまして」

「ずいぶんとロマンティックなお方ですわね」

「はいお恥ずかしい。後妻にその方を屋敷にお迎えになったのです」

「加えて無神経」

「はい。ところがその方には何事も起こらなかった。どうやらカミラの呪いの効果はあの一度だけだったようだと、皆安堵したものです」

それまでスキャンダルらしいスキャンダルのないまま、長年王家に寵愛されていたオールステット家の醜聞、『カミラの呪い』は終息したかに見えた。花売りの子、父セリシオも充分にアードルフの才を継ぎ、優秀な学者の片鱗を見せていた。

「先代セリシオ様は穏やかで真面目なお方であらせられました。十八で順当に妻を迎え、アードルフ様のような真実の愛に目覚めることなくまっすぐにこの方を愛しました。そして彼に愛された妻は十二月の満月の夜に、死にました」

「……」

「現当主、クラース様のご兄弟を、その腹に入れたまま。むごいことでございました。カミラの呪いは終わってはいなかった。『オールステットの男が愛した女』をどうやら一代につき一人、呪いは十二月の満月の夜に殺すのです」

「……」

「『三代呪う』と言うからには、カミラはオールステットの血を絶やすつもりまではなかったとみえる。腐っても貴族の娘でございますからね、家というものの意味くらいは知っておったのでしょう。むしろこうして長く家の者を苦しめ、時間をかけてアードルフ様の醜聞をオールステットと世間に続かせることこそが、あの女の真の目的だったのやもしれません」

眉間の皺を深くして、苦々しい声でトビアスが続ける。

「その後、セリシオ様も後妻を迎え、やはりこの方には何の障りもなく、クラース様を産み落とされました。ですが不幸なことにクラース様が六歳の頃馬車の事故にて儚くなり、セリシオ様もまたクラース様十八歳の夏、病にてこの世を去りました」

「……お寂しいでしょうね、クラース様は」

「はい。表面上は飄々とされておいでしたが、仲の良いご家族でしたので、心のうちはおそらく」

「……クラース様はまだ『真実の愛』に目覚めておられませんの？」

「クラース様は物心がついてから、女性を見たことがございません」

「はい？」

「徹底的に遠ざけ、目に映さぬと決めておられるのです。カミラの呪いで死ぬ女性が、もう二度とこの世に現れぬようにと」

「……」

「屋敷にこもりきり、書と生きておられます。年頃になれば変わるだろう。我々にもそう思っていた時期がございました。とんだ勘違いでございます。葡萄酒を飲んだことがないものが『ああ葡萄酒飲みたい』と思わぬのと同様。なんの障りもなく今日もクラース様は書と生きておられる。このまでではオールステットの血と才が途切れてしまうと、我々が勝手に、このように動いておるのです。先代がそのためにと残した金貨を使って」

「……クラース様に、葡萄酒の味を覚えさせるために」

「左様でございます」

三代祟るカミラの呪いは消え去り、葡萄酒の味を覚えたクラース坊ちゃんが、『葡萄酒おかわり』と言い出すように。

なるほど。とてもわかりやすかった。

「十二月の満月の夜にわたくしが死に、三代祟ったカミラの呪いは本懐を遂げ消え去り後妻を迎えてめでたしめでたし。そういう筋書きでございますね」

「はい」

頷くトビアスを、オリヴィアはじっと見つめる。

「金貨百枚など出さずに、そのへんの娘さんをだまくらかしてお終いにしようとはお思いになられませんでしたの？」

「我々にも、後味というものがございます」

「そうね。お金があるからできることですけれど」

だから彼らはあそこで待っていたのだ。せめて『死んでもいいからお金が欲しい』と願う女に、この仕事を頼もうと。そっちのほうが残された者の気が楽だから。

オリヴィアは死んでもいいからお金が欲しい。オールステットはお金を出してでも誰かに死んでもらわなくてはならない。釣り合いのとれた話だ。

「十二月までお屋敷にいることが前金分のお仕事、クラース様に愛されて死に、カミラの呪いを終わらせることが成功報酬分のお仕事、そういうことでございますね」

「はい」

オリヴィアはにっこりと微笑んだ。

「そういうことでしたらわたくし全力でクラース様を籠絡いたしますわ。先程『奥様』とおっしゃいましたが、籍も入れねばなりませんの？」

「堂々と大きな声で外に発表できますからな。『結婚した。妻が死んだ』……オールステット家のカミラの三代にわたる呪いはもう終わったのだと。そうでなくては次がするんと来ない」

「なるほど。そうですね」

金貨百枚。悪くない話。

否、あの娼館でぼろ雑巾のようにされたうえ半死で川に投げ捨てられる予定だったことを思えば、こんなにありがたい話はないだろう。

「それでは、十二月まで。どうぞよろしくお願いいたします。トビアス様、コニー様」

「よろしくお願いいたします」

「……」

「どうしたコニー」

「いえ……」

コニーのわずかに眉を寄せた難しい顔を見て、くすりとオリヴィアは微笑んだ。

「『最初の葡萄酒がこんなに上等じゃ、逆に気の毒だなクラース様』とお思いでして？」

「読心術の免許をお持ちで？」

オリヴィアはこちらを見るコニーの驚きの顔を見て、にっこりと笑った。

「父にくっついて、大人の駆け引きを見て育ちました。わたくしオリヴィア＝アシェル。持てる限りの技を以てクラース様の愛を得るよう努力いたしますので、皆様ご協力の程お願いいたします」

「たぶん何もしなくても瞬殺だと思いますよ」

「そうだといいんですけれど」

「お、そろそろでございますよ」

大きな屋敷の黒い門が開く。

伝統を感じる、レンガ造りの美しい屋敷。

「ようこそ、オールステットへ」

そしてさようなら世界、と、オリヴィアは微笑んだ。

「ご確認ください」

屋敷の客間の一室に通され、オリヴィアは一人、そこで何度か鐘の音を聞きつつ待った。

やがて外の空気を纏い部屋に戻ったコニーが一枚の書面を卓に広げ、オリヴィアに向けた。オリヴィアは一字一句確認する。金貨五十枚の受領書。署名欄の字は母の字だ。

ほうっと息を吐き、オリヴィアはコニーに頭を下げる。心から、感謝をこめて。

よかった。これで彼らは明日から、久しぶりに美味しいごはんを、おなかいっぱい食べられるのだ。

「ありがとうございます。急かすような真似をし、申し訳ございませんでした。迅速なご対応痛み入ります」

見つめる先の、母のサインのインクが滲んでいる。オリヴィアはそっとコニーを見た。

「……母は、泣いておりましたか？」

「……はい」

「……母にはなんと」

「あなた様を見初め、我が家の主の妻としてお迎えしたと説明しましたが……。まあ、信じられるわけもない」

「ええ。本当のことですのに」

理由なくポンとそんな大金を支払う人間などいない。

前触れも親へのあいさつもなく、ある日突然嫁に行く十七歳の娘もだ。

滲むその字を、オリヴィアはそっとなぞった。

「全てが終わったあと、金貨と一緒に、わたくしの手紙をお願いしてもよろしいでしょうか」

「……わかりました」

ぼろぼろの狭い家の中と、オリヴィアの家族の顔を見たからだろう。コニーがわずかに苦しそうな顔をしている。

「そんなお顔をなさらないで。わたくしが心から望んだことです」

「ご家族を愛しておられるのですね」

オリヴィアは微笑んだ。それはオリヴィアにとって、世界で一番大切なものだ。

コニーも微笑む。それから案内され、連れられた部屋で、オリヴィアは危うく淑女にふさわしくないはしたない声を上げそうになった。

服、服、服。靴に髪飾り、アクセサリー。化粧道具に化粧品。

かつてオリヴィアが持っていて、手放したもの。

この世の女性たちが喉から手が出るほど欲しいだろう高級品が、ずらりと広げられている。

コニーがオリヴィアを、微笑んで見ている。

「お好きなものをお選びください。私どもが選ぶよりご自身でお選びになったほうがいいだろうと、店に出張してもらいました」

体にぴったりとした服を身に纏う紳士が、客商売の染みついた笑顔でオリヴィアを迎える。

オリヴィアは彼を見た。今自分の目は、野生の動物がごとき光を放っているだろうと思う。

それを認めた彼の目の奥の光が強くなる。ええどうぞどうぞさあご遠慮なくと彼の目が言う。よくもまあこんな高いのだけより抜いて持ってきたものだという強欲な品揃えに、胸が熱くなる。商売っ気の強い人が、オリヴィアは大好きだ。戦友のようにすら感じる。

冬服まででその先がないことに気づき、それもそうだわとオリヴィアは薄く笑った。

もう春は来ない。来られては困る。金貨をもう五十枚、どうあっても家に届けてもらいたい。

本当ならこの分の代金も彼らに届けてほしいところだが、それでは約束が違う。

いずれ死ぬ女に気前よく金をかけるのはやっぱり、『後味』のためだろう。オリヴィアがこの屋敷で気持ちよく生き、気持ちよく死ぬように。彼らが今後も、気持ちよく生きていくために。

ならば遠慮は無用。気持ちよく生き気持ちよく死ぬために、オリヴィアも全力を出さなくては失礼だ。

「ではこれとこれ。もう少し深い色はないかしら。ああ、素敵。この手触りはミシェラン織でございますね」

「御名答。お目が高くていらっしゃいます、奥様」

目を合わせ、うふふと笑う。二人とも相手の目が笑っていないことに気づいている。

「こちらはこのぬめるように光る生地が素敵。露出が少ないわりに、体の線が強調されますわね」

「いやあまったく目の毒でございますな」

オリヴィアの楽しいショッピングが続いている。


「おお、美しい」

「ありがとう」

「おー……」

にこにこして辞していく商人を見送ってから部屋で一人、自ら髪を結い上げ、丁寧に化粧を施した。買った服の中から深く上品な赤色の服を選んで身に纏ったオリヴィアを、トビアスとコニーが感嘆の声で迎えた。

袖は長く、露出は多くない。やわらかで、肌に吸いつくようなとろみのある生地だ。

艶のある栗色の髪は高すぎない位置に編んで結い、うなじを強調。長年たっぷりと手入れをしてきた肌は、ここひと月の不自由な生活の中でも荒れずになめらかなまま残ってくれた。

大きく形のいい深い緑の瞳とそれを囲む長いまつ毛。やわらかい桃色の頬、透き通った白い肌に、赤い唇。

オリヴィアは美しく生まれた。そして常に、美しくあるための努力を怠らなかった。常に父と母の自慢の娘でありたかったから。

作法は完璧。語学も得意。商売のためにと必死で勉強したから算術もできる。オリヴィアはこれまで、自分の価値を上げるための努力を怠ったことは一度もない。

「出会いはどうなさいますか？　廊下の角でぶつかりますか？」

「階段から降りますか？」

「普通に参りましょう」

仕事中に邪魔をするのは印象が悪いしオリヴィアもやりたくないので、軽食の休憩時間を狙うことにした。

別に出会いにインパクトはいらないだろう。普通に互いを知り合って、少しずつ距離を縮めていけばいい。十二月まではあと半年。長いような、短いような。

扉の前に立ち、ドキドキした。意外に思われるかもしれないが、オリヴィアは恋を知らない。傷のないまま父の勧める人に素直に添おうと思っていたから、これまで極力男性には近寄ってこなかったのだ。

「では参りますぞ」

「はい」

開いた扉を、トビアスについて戦に挑むような気持ちで歩む。

中にいた男性が何気なく顔を上げ、オリヴィアの存在を認めた。

肩ほどの長めの銀髪。少し目にかかっているのが気になる。結ぶか切るかすればいいのになと思う。

そう思ってしまうほどの、整った顔だった。家にこもって書ばかりと聞いていたから、不健康そうな人か、太っちょかと思ったがそんなこともない。男性にしては色白かもしれないがすごく普通の人だ。いや、おおいに普通以上だろう。優しげに整った顔の、年上の男性。座っているからわからないが、背が高そうだ。

よかった、好きになれそうとオリヴィアはホッとした。少なくともあのヘロヘロの襟にアイロンを当ててあげたいと思えるくらいの好意は初見でも持てる。

彼の水色の目が見開かれ、オリヴィアに釘付けになっている。逆に少し隠してほしいくらいの、釘付け。

「……コニー」

「はい」

「この可愛い生き物はなんだ」

「オリヴィア嬢。クラース様の婚約者でございます」

「……」

ガターンとクラースが立ち上がった。やっぱり背が高い。どうするのかと思えば、彼はカーテンに顔からつっこみ自ら巻き付きにいっている。

「オリヴィア嬢、少々失礼いたします」

「はい」

コニーが後ろからそっとオリヴィアの両肩をつかみ、勢いよくカーテンのほうを向いた。

「無駄なあがきはやめろクラース様！　どうだ！　めちゃくちゃ可愛いだろうオリヴィア嬢！　もう頭に焼きついちゃっただろう！」

「見てない！　私は何も見てない！　さっきのめちゃくちゃ可愛い何かは幻覚だ！」

「嘘つけ目を閉じてももう心で見えてるくせに！　瞬殺で一目惚れしたくせに！」

「よせコニー！　私にだってプライドというものがあるそのぐらいにしてくれ！」

もぞもぞもぞとカーテンが左右に揺れている。なんとも楽しそうな人たちだ。

オリヴィアはコニーと目を合わせて頷き、そっとカーテンに向かって呼びかけた。

「クラース様」

「……」

「クラース様。お初にお目にかかります。オリヴィア＝アシェルと申します。先日破産した商社、アシェル家の娘でございます」

「……」

「お会いできて嬉しいです。クラース様」

カーテンのもぞもぞが止まった。そのまま、しばしの沈黙。

「……君は」

「はい」

「あの呪いのことを知りながら、この家の門をくぐったのか」

「はい。喜んでお受けいたしました。お金が欲しくて」

「……」

カーテンから顔が抜けた。子どもみたいだ。乱れた髪を直してあげたいなと思う。

「金を渡すと、その子に言ったのか」

クラースがトビアスを見た。トビアスは涼しい顔をしている。

「はい。前金金貨五十、成果報酬五十」

「わたくし、アッペルトフト娼館に入ろうとしておりました。お金が欲しくて。そこでお声をかけていただきました」

「ご病気の母君と、未成年の兄弟がおられ、家には食べられるものもないそうです」

「……」

クラースが歩いてくる。顔の向きがこちらに固定されている。すっごい見ている。

彼が椅子に座ったので、オリヴィアも座った。トビアスとコニーに促され彼の正面に。

先ほどよりも近くでじっとオリヴィアを見てから額を押さえ、クラースが絶句している。

「…………なんていうかもう全部可愛いんだな、女子というものは」

うんうん、とトビアスとコニーが頷く。

「オリヴィア嬢は女子の中でも最高峰ですぞクラース様」

「ええ。なかなかおりませんよこんな可愛らしいお嬢様は」

「ありがとうございます」

「だが私は可愛いなと思っているだけだ別に愛してない今はちょっとあまりにも急だったので少々びっくりしているだけだ」

「息継ぎしましょうよ」

オリヴィアは微笑み、クラースを見つめ返す。

「これから、ゆっくりで結構ですわ、クラース様」

「待て待て待てよく聞けば声まで可愛いなこれはまずいとてもまずい気がするやはり即刻帰りたまえ。今ならまだおそらくギリギリセーフだ金は渡すから」

「もうアウトだと思うけどな」

「いいえ。わたくし理由のないお金はいただけません。父からそういう教育を受けましたの」

「律儀でしっかり者。なんてちゃんとしたお家のお嬢さんだ」

「ありがとうございます」

「あ、追加でお茶と、菓子をもらってきますね」

コニーが立ち上がる。

「嫌いなものはございませんか、オリヴィア嬢」

「お気遣いありがとうございます。なんでも美味しくいただけますわ」

「とても健康的だ」

「もうアウトだって」

しばらくして、コニーがトレイを持って帰ってきた。美味しそうなお菓子がテーブルに並ぶ。

ああ、このお菓子を家に持って帰りたい、とオリヴィアは思った。

久しぶりの甘いもの。あの子たちがどんなに喜ぶだろうと。

「どうしたオリヴィア嬢、悲しそうな顔をして」

「見すぎだろこいつ」

「いえ、なんでもございません。いただきます」

小さめの小麦色の生地にナイフを入れると、とろりんと中にたっぷりと詰め込まれた淡い黄色の可愛らしいクリームが出てきた。もちろん、この美味しそうなものをオリヴィアは一滴だってお皿に残すつもりはない。ナイフとフォークで小さめの一口大にした生地をそっと動かしそれを優しく受け止め、横に添えてあったころんとした彩りある果物を抱き、口に運ぶ。美味しい。

生地とクリームと新鮮な果実を組み合わせたことによる、甘さと酸っぱさのバランスが絶妙。そして、果物ではなくあちらの小さなハーブと一緒に食べれば、また味わいが異なるのだろうとオリヴィアは踏む。こんなにも美味しいのに、最後まで飽きることなく美味しく食べてほしいという料理人の願いと、そのための細やかな心遣い、技を感じる。

「……食べ方まで美しいときたか」

「見すぎ見すぎ」

案外それほどの上下はないらしく、四人で美味しくお菓子を頂いた。その間もずっと注がれる、釘づけな視線。誰かにこんなに見られながらものを食べるのは、オリヴィアの人生で初めてである。

「お屋敷には何名の方がいらっしゃるのですか？」

「あとは料理人のジェフリーと、なんでも屋のヨーゼフ爺さんです」

「それだけ？　こんなに大きなお屋敷に？」

オリヴィアは驚いて、答えてくれたコニーを見た。コニーが茶色の目で、とても常識的な程度にオリヴィアを見返す。

「まあ、食事と風呂と洗濯と掃除くらいですから。洗濯は外に頼んで、来客もめったにありませんし。基本的に自分のことは自分でですね」

「女性は入れられないのでメイドもおりません。女性には不便で誠に申し訳のないことです」

「いいえ。明日からわたくしもお掃除いたします」

「こんなに可愛いのに働き者なのか。感心だな」

「褒め言葉しか言っとらんな」

「瞬殺って言ったでしょう」

思ったより和やかに、美味しいおやつの時間は続いている。

「……待ってくれ。彼女はこの屋敷に住むのか？」

菓子を食べる手を止め改めて驚いたように目を見開き、クラースがトビアスを見た。コニーが茶を飲みながら、そんな彼を見る。

「ええ。何か問題でも」

「問題大ありだそんなことしたら好きになるだろう！」

「もうなってるじゃないですか」

「まだだ。断じて好きにはなっていない急だったからちょっとびっくりしているだけだ」

「寝室は、クラース様とご一緒ですか？」

クラースが腰を浮かせテーブルにだんと手をついた。

「何を言っているんだそんなわけがないだろうオリヴィア嬢！　なあコニー！　そうだろうコニーそうだろうそうだよな？」

「一応客間を一室整えてございますが、どうしますクラース様」

「……そうかそれならばそちらを使ってくれ。そんなことをしたら私が眠れるわけがない。仕事に差支えが出る」

「それはいけませんね。ではありがたくそのお部屋を使わせていただきます」

「えっ」

「残念になるくらいなら初めから言わないでくださいよ」

「……」

椅子に座り直しながらじっと、やはりクラースがオリヴィアを見た。

男性に見られるのはある程度慣れているものの、ここまで隠さずに見られるのはめったにない。

やはりちょっとそわそわしてしまう。

「女性をそうじろじろとみるものじゃありませんぞ、クラース様」

トビアスが言う。クラースの視線は変わらない。

「勝手に目がそっちに行ってしまうんだ。なんて摩訶不思議な現象だ」

「恋っていうんですよ、それ」

おもしろい三人だ。年代が異なるのにくだけていて、呼吸がぴったり。仲がいいんだなあと思う。

三人を眺めながらオリヴィアは思う。もっとこの人たちを知りたいと。どうせ死ぬならあたたかい場所で、楽しい思い出をできるかぎり作ってから。

「花壇もありましたけどお花をお植えではないのですね。何か育ててもよろしいでしょうか」

「……」

「……」

「……」

こほんとトビアスが咳をした。

「咲かんのです」

「え？」

「カミラの呪い以降、どんな花を植えても咲かず、つぼみのまま枯れるのですよ。カミラは生前あそこで薔薇を育てておりまして。自分の好きなものを、誰にも譲りたくはないのでしょう、あの女は」

「……」

「恐ろしい女です。世のあらゆるものを呪って死に、未だに呪い続けている。執念深い悪鬼だ」

この礼儀正しい老紳士は、彼女の話をするときだけ苦々しい、むっつりとした気難しい顔になる。

「……植えてみるのは、よろしいですか」

「……残念な思いをしてもよいのなら」

眉間の皺が深くなっていたことに自分で気付いたのだろう。トビアスの指がそこを揉む。

「では、挑戦してみましょう。他に何かできるお仕事があったらやらせてください。何もしないのは性に合わなくて」

「働き者だ」

「もういいよ」

そうしてクラースは仕事に戻った。最後まで彼はじっと、オリヴィアを見ていた。

「お部屋に案内いたします。急なことが続き、お疲れでございましょう」

コニーに声を掛けられ、オリヴィアは席を立った。

「はい。一日で、いろいろなことがございました」

「そうですね」

コニーについて、廊下を歩む。しばし沈黙のまま、そこを進む。

「いかがでしたオリヴィア様。我が家の主人は」

「面白い方ですね」

ふっとコニーが笑った。

「普段はそこまでもないんですけど、まさか突然あそこまで面白くなるとは」

「お役に立てるよう、がんばります」

「……ありがとうございます」

「棺にはラパルの花を入れてくださいませ。好きなのです」

「あんな小さな、庶民的な花でよろしいのですか」

「ええ。かわいらしくて、一生懸命雪をかき分けて咲くのが健気ではありませんか」

「わかりました。冬の花ですしね」

「ええ」

ちょうど部屋に到着した。コニーが扉を開く。

「素敵……」

家具を順に見回した。やがてオリヴィアの頭の中でジャラララッと総額が出そろう。わあ本当にお金持ち。そんなオリヴィアの頭の中の金属音の聞こえないコニーが、穏やかな茶色の目で、部屋に見入るオリヴィアを見ている。

「あとで食堂とお風呂にも案内いたします。夕飯の時間になりましたら呼びに来ますので、それまでゆっくりなさってくださいさい。何か必要なものはございますか？」

「ありがとうございます。……あ」

「はい。ご遠慮なさらず」

この方は声も優しいわとオリヴィアは思った。そういえばオールステットの紳士は皆そうだ。裏表や商売っ気のない、学者肌の人間たちだからだろうか。

「……もし、本があれば何冊か。物語のものを。娼館では読む暇もないだろうと、思い切って置いてきてしまったものですから」

「『もし、本があれば』？」

眉を上げ、いたずらっぽくコニーが笑った。オリヴィアも今の自分の失言に気づき、笑う。コニーは恭しく右腕を伸ばし、芝居がかった礼をした。

「本しかございません。ここはオールステットでございます」

「そうでした」

微笑みを交わし合う。コニーがふざけてくれたおかげで、廊下を歩むうちにわずかに硬くなった空気が、和やかになっている。

「わかりました、何冊か。他は大丈夫ですか」

「はい。お手間をおかけして申し訳ございません」

「いいえ。どうぞおくつろぎください。我々にできることなら、なんなりと」

「感謝いたします」

頭を下げて、オリヴィアはコニーを見送った。

そして大きなソファに座り、今日のことを考える。

本当に、とんでもない一日だった。


不意に眠気が襲ってきた。昨日の夜はさすがのオリヴィアもなかなか眠れなかったのだ。

オルゴールの音が聞こえる。『永久《とわ》』。よく結婚式で演奏される曲だ。

音が一個飛んでるわよ。オルゴールさん。

そんなことを考えながら、オリヴィア＝アシェルは心地よい肌触りのソファに沈んでいった。

朝。

光が差し込む知らない天井に、一瞬オリヴィアは何が何だかわからなかった。

そして、ああ、と思い出す。ここはオールステット家の屋敷であったと。

がばと起き上がり周囲と自身を確認する。あろうことか昨日の服のままだ。人様のお屋敷のベッドで、勝手に、汚れも落とさずに寝てしまうなんてとオリヴィアは愕然とする。

初日からの大失態。ああ、どうしよう、どうしようとオロオロしながらオリヴィアは廊下に出る。

背の高い誰かの影が、廊下の角から出たり引っ込んだりしている。朝日に銀色の髪が光ったので、オリヴィアはその人の名を呼んだ。

「クラース様？」

呼ぶとぴょんと飛び出てこちらに歩いてきた。早足だ。顔がこっち向きに固定されている。

「おはようオリヴィア嬢。偶然だね」

「おはようございます偶然でございますね。クラース様、昨日はわたくし、誠に申し訳ございませんでした。人様のお屋敷で、……なんという、はしたない真似を」

「そんな泣きそうな顔をしないでくれ可愛い。言っておくが君をベッドに運んだのはトビアスだ私は触っていない。役得役得などと言っているから思わずグーで殴りそうになった」

「申し訳ございません……」

オリヴィアは頭を下げた。彼の大きな手が、空中であわあわと上下している。

「謝らないでくれ待て待てつむじまで可愛いな。よほど疲れていたのだろう。昨日はこちらに気遣いが足りなかった。ところで、風呂に案内しよう。私は一日くらい大したことないと思うのだが、女子はそうでもないとコニーが言う」

「はい。大したことです。ありがとうございます」

「終わったら食堂に。皆で朝食にしよう」

「はい。わたくしのせいで皆様をお待たせして申し訳ありません」

「いや君を見ながら食べると百倍美味しいだろうから何も問題ない。気が済むまでゆっくりと入ってくれ」

真面目な顔ですごいことばかり言っていることに、彼は気づいているのだろうか。

くすりとオリヴィアは笑った。年上なはずなのに、少年と話しているような気になる。

これまで図鑑でしか見たことのなかった珍しい虫を見つけた、小さな男の子。そんな目で彼はやっぱり、じっとオリヴィアを見つめている。

「……笑っているとやはりよけいに可愛い」

「わたくし着替えを取ってまいりますので、少しお待ちいただけますか」

「着替え……」

「すぐですので、どうかここでお待ちください」

「はい」

何故か敬語が返ってきた。不思議だ。

明るい光に満ちる朝の廊下を、二人で歩む。こちらを見るクラースの目を、オリヴィアは見返す。

「クラース様は、好きな食べ物はおありですか」

「なんでも食べるが、魚卵だけはダメだ」

「ぷちぷちして美味しいではありませんか」

「あのぷちぷちがダメなんだ。なんとなくこう一粒一粒命を噛み殺している気分にならないか」

「なったことがありませんわ。甘いものは？」

「まあ、少しなら」

「そうですか」

そのうちに、何か作ってあげたいなと思う。海の向こうから来た未知のものを家のもの総出で調理して食べてみた楽しい思い出が胸をよぎり、悲しみのしっぽを残して去っていく。

あんなに楽しかったのに。お父様が生きていた頃、ついひと月前まで。

オリヴィアを見るクラースの眉が悲しげに下がった。

「悲しそうな顔をしないでくれとても可愛い。すまない。魚卵、好物だったか」

「いえ、魚卵にそこまでの思い入れはありませんわ。では、こちらがお風呂でございますね」

「うん。絶対に覗かないから安心してくれ」

「わかりました。ありがとうございました。食堂はさきほどの場所ですね。終わりましたら向かいます」

「……ここで待っていなくて平気かい？」

「はい。そんなの落ち着きませんもの」

「そうか。わかった」

「……クラース様」

「ん？」

「ありがとうございました。お屋敷から、追い出さないでくださって」

クラースがオリヴィアをじっと見た。いやずっとじっと見ていたが。今回は真面目な顔だ。

「……君が不当な金は受け取れないというのなら、その分の仕事はしてもらおう。十二月、何も起きなければ君は晴れてお役御免だ。家族のいる家に元気に帰ればいい。娼館に身を売らなくても済むくらいの金はもう、家に届いているのだから」

「はい。お気遣い感謝いたします」

「それまでの間私は君を愛さないよう、全力で努力する。君がここにいる限り私はこのようについうっかり見てしまうが許してほしい。これは自分の力ではなんともならない、摩訶不思議な現象だからだ。それが嫌ならばやはり君は、ここを出ていくほかない」

じっとオリヴィアを見つめながら言うクラースを、オリヴィアは正面からまっすぐに見返した。

「出ていきません。むしろ渡りに船です」

「そうか。それでは。ゆっくりしてくれ」

礼をしてクラースを見送った。

見送りながらオリヴィアは考えていた。

朝ごはんはなんだろう、と。


湯上り。皆を待たせてはいけないと、オリヴィアは粉を叩いただけの顔で食堂に向かった。

「おはようございます。昨日は誠に申し訳ありませんでした」

「おはようございますオリヴィア嬢」

「何か違うのに可愛い。少し幼い」

「何か違うのはわかるんですな、坊ちゃん」

皆カップを傾けながら、紙を眺めている。オリヴィアもそれをじっと見た。知らない言葉だ。

「古文書でございますか？」

「ああ。手ごわいのが出てきて、写しを持ち歩いて眺めてるんですよ。何かひらめかないかって」

それをトビアスが懐にしまって、コニーが厨房に声をかけた。

「ジェフリー、揃ったから頼む」

る。

「ヨーゼフさんは？」

ほかに人が見当たらないので、オリヴィアはクラースに尋ねた。クラースはオリヴィアを見てい
「ヨーゼフは早起きだ。一番先に食べる」

「なるほど」

そのまま四人でわいわい朝食を取った。新鮮な野菜がたくさん。みんなさくさくで美味しい。お料理を運ぶのを手伝おうとしたら料理人のジェフリーさんに怒られてしまった。俺の仕事を盗らないでくれお嬢さん、と、甘く。男の色気と茶目っ気たっぷりのウインクと共に。髭のあるオールバックの、体格の良いワイルドでダンディな男性だった。

「ジェフリーは愛妻家だ。惚れるなよオリヴィア嬢」

クラースがこちらを見て言った。思わずワイルドな彼を見つめてしまった、自分の不躾な視線をオリヴィアは恥じる。

「あら危ない。失礼いたしました」

「可愛いお嬢さんの視線なら、いつだって大歓迎ですよ」

唇のわずかな上げ方まで甘い。

「こういうのが好みですかオリヴィア嬢。残念でしたね坊ちゃん」

「髭か……」

「きっと似合わないからおやめなさい」

「……」

「できてないできてない。それじゃただの瞼の痙攣ですよ坊ちゃん」

クラースとコニーが何か楽しそうにしているのを聞きながら目の前に置かれた料理を見つめ、美味しい朝食をおなかいっぱい食べた。食べすぎなくらいだ。

「皆様は、このあとお仕事ですね」

「はい。オリヴィア嬢は好きにお過ごしください」

「お掃除をしても？」

トビアスとコニーが目を合わせ、コニーが答えた。

「ええ。ただ二階の西の部屋には入らないでください。錠はかけているのでわかると思います」

「それは……」

「ええ、カミラの部屋でございます。荷は全て出し処分しておりますが、不穏なので封鎖しているのですよ」

静かにトビアスが言う。

「処分」

「はい。カミラの持ち物のどれかにあの『針』が隠されているかもしれないと、全て屋敷の外に出しました。だが今も呪いが続いているのだからまだ針は、どこかに隠れておるのでしょう。最初の呪いのあとはアードルフ様を主導に、屋敷をひっくり返しての大捜索。庭の土まで総とっかえしたものですよ。まあ全て、意味がなかったわけですが」

「……探し物は、針一本ですものね」

「ええ。探そうと思って探し出せる代物ではございません。あんなものなんの隙間にだって入る」


三人と別れて、一度自分の部屋に引き返し、掃除用具を探し出し屋敷を歩む。

階段を上がったところに、歴史を感じる大きな鏡。その前に立ったときオリヴィアは、本来そこにないはずのものを見た。

青さすら感じるほどの真っ白な肌。手入れの行き届いた黒髪。すっとまなじりの上がった、一重の目。

鼻も唇も小作りで、どことなく小動物のような雰囲気がある。

瞬きをしたらそれは消えた。そこには普段通りの、見慣れた自分の顔がある。

「……カミラさん？」

鏡は何も語らない。ただの古い鏡だ。

磨きこまれて光るそのふちを、そっと撫でた。

ああ、彼女はまだ、この屋敷の中なのだとオリヴィアは思った。

呪ってしまったがゆえに、死してなお光満つ天上には行けず、彼女はこの屋敷に縛られている。

呪いというのはそういうものなのだろう。

彼女の夫アードルフはおそらく五十歳で死んだあと天の国に上り、ひょっとしたらそこでもう新しい真実の愛に巡り合っているかもしれない。そういう人はだいたい、どこへいっても同じことをするものだ。

『天上で一番美しいこの花が欲しい』

思わずオリヴィアはそんな台詞を吐いている五十歳のロマンティックな男性を想像してしまい、それを脳裏から振り払おうと首を振る。


廊下を掃き、窓を拭いた。カミラのことを考えながら。

花が好きだったカミラ。

夫に冷たく当たり、愛を失い、夫が愛するものを呪ったカミラ。

帰らぬ夫を待ち、顔を合わせれば冷たくしてしまって、心はますます離れていく。

そこに愛人と隠し子。妻にばれないよう隠すような最低限の気遣いすら失った夫。

どうしても思考がカミラ寄りになってしまうのは、オリヴィアが女であるためか。

「カミラさん」

オリヴィアは見えぬ彼女に語りかける。

返事はない。吹き込んだ風が、ふわりとレース飾りを揺らしている。

オールステットのお屋敷に主人の婚約者を迎え数日経ったある日。

オールステット家の使用人、トビアス＝レオポルトは老齢の医師ダミアンを伴い、主の部屋の扉をノックした。

「どうぞ」

声が返って来たので扉を開く。光の当たる広い部屋。オールステット家の現在の主、クラースが椅子に座っている。

「いつもの定期健診です」

「わかった」

オールステットの男は短命が多い。生来の体質なのか、食事や睡眠を忘れてのめりこみがちな気質のせいなのかは不明だが、こうして定期的に医師に訪れてもらい、体調に問題がないかを診てもらうようにしている。

ダミアンはもうずっと、アードルフ様の代からオールステットの医師だ。この屋敷の悲劇を全て知る、何も書かれぬ紙に似た白い医師。彼はその白衣のうちの心中に何があるのかを誰にも読ませることなく、何十年も変わらずに飄々とこの屋敷に通い続けている。

『ダミアンの薬が苦い』

『薬とはそういうものです、坊ちゃん』

『そうなのか』

きょとんとした顔で風邪の薬を、顔を赤くした銀髪の少年が飲んでいたのはつい最近のような気がするのに、彼はもう、すっかりと大きくご立派になられた。

診察を受けるためにシャツをはだけ、クラースは医師に向き合っている。

医師ダミアンは聴診器を耳に当て、その先を彼の胸に当てフムフムと頷く。舌を出させ、耳の中を覗き込み、まぶたを指で広げ、やっぱりフムフムとしたのち、さらさらとペンを紙に走らせた。

「特にこれといって心配なことはございませんな。最近何か、ご自身で体調に気になることはおありですか、クラース様」

医師が口元の皺を動かしながら言う。

「……目が、勝手に動く」

クラースが答えた。ものすごく深刻な顔で。医師が眉を上げる。

「目が動く？　それはまた摩訶不思議な。どのようなときに出る症状でございますか」

「特定の人が視界に現れたときに」

とても真剣に、彼は言う。

「……」

「そしてその人を見てしまうと心臓が異常な速度で動き、喉が渇き、じんわりと手のひらに汗をかきそうになる。こんなのは初めてだダミアン。一体私は何の病気だろうか」

「……」

「……」

トビアスは今なんでもない顔をして立っているがものすごく腹筋を使っている。吹き出さないように。

医師がそんなトビアスを見た。頷かれたので、震えながら頷く。奥様になるべき女性を屋敷に迎えたことは、もうこの男には言ってある。

医師は深く頷き、指を合わせ、重い病を抱えた患者を見るような真剣な表情で、じっとクラースに向き直った。

「クラース様」

「うん」

「それは古今東西、老いも若きも男も女も。地位や年齢に関わらず多くの者が侵され苦しみ続けた、不治の病でございます」

「……なんという」

「恋」

「……恋」

若き主は水色の目を見開き医師の顔を凝視し、真顔で診断名を復唱した。トビアス不覚、ブッハァと吹き出した。ごっほごっほとわざとらしい咳をしてなんとかごまかそうとする。

この医師はよくもまあこんな真面目な顔でこれに向き合えるものだと思う。やはり、読めない男。

医師は残念そうに首を振った。

「残念ながら飲む薬もつける薬もございません。エルブロショドゥの名湯でも治せませんお気の毒に。大きくなられましたなクラース様。体のほうは特に問題ございませんので本日はこれにて失礼いたします」

「……」

呆然とする主を残し、医師は立ち上がった。

廊下に出て、二人で歩む。もう笑ってもいいかなとトビアスが思っていたところだった。

「あら」

廊下の奥から美しい女性が現れ、声を上げた。

あたたかな風の中揺れている、栗色の髪が美しい。姿勢はいつ見ても正しく、指の先まで神経の行き届いた品のある動きをされる。

真珠のように白い肌が、光の中健康的に輝いている。深い緑の瞳は常に微笑むようにとろけ、赤い唇の端が自らの意思によって上がっている。

初見の老人に臆することもなく彼女はにっこりと上品に微笑み、美しく正しい礼をした。

「お初にお目にかかります。クラース＝オールステットの婚約者、オリヴィア＝アシェルと申します」

「医師のダミアンでございます」

トビアスは彼女を見て言う。

「本日はクラース様の定期健診でございました」

「ああ。彼に何か、悪いことはございませんでしたでしょうか」

「心も体もまさに若者。いたって健康であらせられました」

「よかった」

ほっとしたように微笑み、これ以上自分に時間を使わせてはならぬと思ったのだろう。礼を執ってその場を辞する。

春の風が吹き去ったような空気が、そこに残った。

またしばし廊下を無言で歩んだ。

玄関に到着。医師がくるりとトビアスを振り向いた。

「あの美しいお嬢さんの死亡記録を今年十二月、このダミアンに書けと言うのだなトビアス」

「……そうだ。よろしく頼む」

医師の表情は変わらない。

「さすがはオールステットの忠実なる番人トビアス。あの輝く花の笑顔に、心は痛まんか」

「痛まぬと言わせたいか、ダミアン」

「聞いてみただけだ。……あの方で、ようやく終わりだなトビアス」

「ああ」

カミラの遺体も、セリシオ様の奥様の遺体も検めた男だ。もはやこの男にオールステットの呪いの説明はいらない。

カミラの体は彼女の生家の墓に眠っている。間違ってもオールステットの墓には入れるなと、アードルフ様が言ってのことだった。

「実に嫌な役割だ。互いに」

「まったくだダミアン。あの女の呪いさえなければと、何度思ったことか」

「……病の原因はたいていの場合、一つではないぞトビアス」

「なんだ。オールステットの屋敷で謎かけか」

「独り言だ。ではまた来月」

「ああ。よろしく頼む」

白い紙のような老人はやはり何も読ませることなく、静かに屋敷を去った。

屋敷のどこからか、楽しげな笑い声が聞こえる。その声のやわらかさ、あたたかさにトビアスはわずかに眉を寄せ、首を振ってから歩き出した。

二章

初夏
永久の祝宴と新婚生活

Ms.Olivia
dies when she is loved.

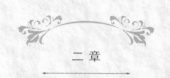

「では、こちらにサインを」

「はい」

目の前であっさりと揺れる羽根ペンを、クラースがおろおろしながら見守っている。

婚姻の届だ。クラースの欄が全て書き込まれた状態のそれに、オリヴィアはさらさらと筆を走らせている。

窓から入り込む風の香りが甘い。オールステットの庭にはない瑞々しい花の香りを、あたたかな風が優しく部屋の中に運んでくれている。

「字まで美しいな君は！　それよりいいのかそこに名前を書いて！　それを出したら君は……君は私の……私の……」

「妻でございますわね」

「妻」

「新婚でございますわね、クラース様」

「……新婚」

書き終えそっと彼を見上げた。すっごい見られている。

少年みたいに澄み切ったきれいな水色の瞳。普段から、言葉の裏で別のことを考えている人に、こんな目はできない。

古い文書の意味を読み解くためにじっと文字を見つめる彼の目は、きっと真実のためだけにあるのだろう。

　オリヴィアは今日もよれよれの彼の襟に手を伸ばし、そっと撫でた。

「明日からわたくしにアイロンをさせてくださいませ。夫の襟をこんなふうにしていたら、妻失格でございます」

「……」

「ね？」

「はい」

「髪も切るか、結ぶかいたしましょう。これでは目に悪いわ」

「はい」

「どうしましょうなんでも聞いてくれるわ」

「幸せのあまり放心状態ですな」

　はっはっはと届を折り畳み、トビアスが胸ポケットに入れ、唇の端を意味深に上げて笑う。

「では提出してまいりましょう。ご結婚おめでとうございます坊ちゃん、いえ旦那様。おめでとうございます、奥様」

「痛み入ります」

「ささやかではございますが、今夜は夕飯を豪華にするようジェフリーに言ってありますので、どうぞお楽しみになさってください。旦那様も、夕飯には少しはましな格好でお越しください」

「そんなものあっただろうか」

「オールステットのクローゼットにないはずがございますまい」

「見た覚えがない」

「ああ仕方ないコニー。適当に何か見繕ってやってくれ」

「わかりました」

「あったかなあ」

「ありますよ」

トビアスが部屋を出た。クラースは相変わらずオリヴィアを見ている。

「では、邪魔者は去りますのでご夫婦でごゆっくり」

コニーもそう言って部屋を出た。

彼らの仕事部屋の横の部屋、軽食を食べたりする休憩所に、二人きり。

「座ろうか」

「はい」

横並びにソファに座る。

「オリヴィア嬢」

「なんですか？　あなた」

「いい響き！　……私の呼び方はこれまでどおりでいい。君の身上書を拝見した」

「はい」

「君はアシェル家の、実の娘ではないんだな」

「はい」

「なのに、何故」

「何故とは？」

　こちらを見つめるクラースの目を、オリヴィアは微笑みながらまっすぐに見つめ返した。

「養子に家族を愛する権利はない。そうおっしゃりたいのですか、クラース様」

「……すまない」

「いいえ。彼らを愛しているからです。ほかに理由はございません」

「……」

「短い時間だけでも、あなた様の妻にしていただけることを、心より嬉しく思いますクラース様。どうぞ存分に愛してくださいませ」

「……愛さない。断じて」

「そこをなんとか」

「愛さない」

「もう一声」

「愛さん！」

そう言ったクラースに、そっとオリヴィアは倒れ込むように抱きついた。

「なんだこれすごいいいにおいがする！　やわらかぁい！」

「こういう手もいいですね。もう夫婦なのですから、何も問題ございませんクラース様」

「あたたかい離れたくない……いやいかんオリヴィア嬢！」

くいと両肩をつかまれ、そっと押すように優しく身を剥がされた。その目がオリヴィアを真剣に見ている。

「君には十二月まで報酬分の仕事はしてもらうが、私は金で君を娼婦にするつもりはない。今後こういうことはやめてくれ私にだって限界というものがあるまさに今だがな！」

肩をつかまれながら、やっぱり男性の手って大きいのねとオリヴィアは思っていた。

内に持っている力の大きさが違う。それを今彼はオリヴィアを押さえつけるためではなく、娼婦にしないために使う。

密室に男性と二人きり。ソファで横並び。

平気なふりをしているが、オリヴィアだって全く経験のない、慣れないことをしているのだ。内心はドキドキ、ハラハラしている。

目の前の大きな手が向けてくれる優しさに、ほんのりとオリヴィアの胸が温かくなった。

「……わかりました」

「えっ？」

「え？」

「いえ、何も」

オリヴィアはそっと身を戻した。

「失礼いたしました。お引止めして申し訳ありません。お仕事にお戻りくださいクラース様。豪華な夕食、楽しみですね」

「ああ」

「できる限り身を飾ります。楽しい初夜にいたしましょう」

じっと熱を込めて、こちらを見るクラースの瞳を見る。

「……今後も寝室は別だ。私は穏やかな眠りを望む」

「つれないお方」

「いたずらっぽい顔も可愛い。では仕事に戻ろう。今、とても楽しいところだ」

「どのように？」

クラースがオリヴィアを見た。その顔には楽しくて仕方がないという、内から滲み出る自然な笑み。よくぞ聞いてくれたという風情だ。

「長年戦術書と思われていたものの中身が、読み解いてみたらなんと料理のレシピだった。だがよくよく読めば、あれはやはり戦術書なのだよ。秘密の、暗号化された。これから同じ時代の、類似するものの解法を当てはめ応用してみないといけない。山ほどの言葉の中から、似た系列のもの、同じような癖があるものを探し、当てはめ、読み解く」

先ほどとは違う方向で、目が生き生きとしている。

楽しみなことがあってたまらない男の子みたいな様子を、オリヴィアはお姉さんのような気持ちで見つめた。

好きなことがあって、それにふさわしい家に生まれ、その適性があるほど幸せなことはないだろう。

「クラース様が楽しそうで嬉しいです。ですが熱中しすぎて夕飯をお忘れになったりしないでね。お体に障ります」

「コニーもトビアスも絶対に食べさせようとしてくるからな。まあうちに短命が多いのは、実際そのせいかもしれない」

「ええ。ごはんと睡眠だけは何があっても削ってはなりません。ご自分のために」

「……わかった」

こっくりと頷く。やっぱり子どもみたいだ。

六歳で母親を失い、それ以降女性に触れていないのだ。オリヴィアはお姉さんどころか、もしかするとお母さんの扱いかもしれない。

いいのだ。少しずつ、少しずつ、とオリヴィアは自分に言い聞かせる。

部屋を出るクラースを見送った。よしと気合を入れて歩き出す。

結婚した日だ。お披露目はないけれどせめて花嫁さんらしく自分を飾ろうと、オリヴィアは張り切っている。

部屋に戻り、髪とお化粧はどうしようかと迷っていたら、ノックの音がした。

「はい」

「奥様、髪結いを連れてまいりました」

「まあ！」

嬉しい。いくらこれまでオリヴィアが練習してきたとしても、やはりプロの手には敵わない。

うきうきして扉を開けると、トビアスの後ろに微笑む背の高いきれいな女の人がいた。何か美しさに迫力がある。

「こんなきれいな方をお屋敷に入れてよろしいの？」

「彼は大丈夫ですよ。腕のいい男なのできっとお役に立ちましょう」

「……」

もう一度見る。きれいな女の人がいた。

「奥様、本日はよろしくお願いいたします」

やや低い、でも女性と思えば思える声。よし、何も気にしないことにしよう。

こんなふうがいいあんなふうがいいと、久々に髪や化粧のことで誰かと話せるのがとても楽しい。彼女は話術も優れていて、かといってそれでなめらかに動く手が止まることはない。

手際よく施された化粧が鏡の中で煌めいている。生花を散らされた髪もだ。いつもの自分の栗色の髪が、白い花に彩られて華やいでいる。

「きれい……」

「よくお似合いですよ、花嫁様」

「なんだか普段の三割増しになったかしら」

「ええ。元がいいから割り増し分も大きくてよろしいこと」

「ええ、髪結いさんの腕がいいから助かります」

互いを褒め合って微笑み合いながら、鏡の中でまっすぐに目が合った。

「……もっと悲壮感がおありかと思いましたわ」

「自分で望んだことです。どうせなら楽しく」

「お金が理由ですの？」

見下すでもなくさらりと聞くのは、その大切さを身に染みて知っているからだろう。

「はい」

「人が生きるために必要なものですものね」

「はい」

オリヴィアの返事に赤い唇の端を上げ力強く微笑み、最後にオリヴィアのおくれ毛をくるんくるんと指で回してから腰を伸ばし、彼女は鏡の中から去った。

「それではこれで。何かありましたら呼んでください奥様」

「はい。本日は本当にありがとうございました」

ぱたんと美しい髪結いの姿が扉の向こうに消える。

身を包む白い、やわらかなドレスをオリヴィアはそっと撫でた。

『おめでとう、オリヴィア』

父と母に目を細めながらそう言われ、微笑んで父の腕から手を放し、父の勧める男性の腕を取るはずだった。

だが嘆いても仕方がない。これが運命だったのだ。

大きな姿見の前に立って、ほうっと息を吐き、オリヴィアは微笑んだ。

おそらく今のオリヴィアは、今までのどのオリヴィアよりも美しい。これをもらってがっかりする男性は、そうはいないはずだ。

もちろんクラースは喜んでくれるだろう。『可愛い』と言ってくれるだろう。ものすごくオリヴィアを見つめながら。

鏡の中の自分が微笑んでいることにオリヴィアは気づいた。満ち足りた、幸せな花嫁にしか見えない。

「どうせなら楽しく」

ぽつんと言って最後に鏡の中の自分に微笑んで、オリヴィアは自分の部屋を後にした。


「では行きますよ。三、はい御対面」

カウントダウンを待たずして扉が開けられ、押されるようにしてクラースが出てきた。

数歩踏み出したのち足を止め、呆然とオリヴィアを見つめ固まっている。

今日のクラースはとてもピシッとしていた。ぬめるように光る銀地の上下揃いの正装。しっかりと糊がきき、計算されつくした無駄のないラインが彼の背の高さと手足の長さを存分に引き立てている。

いつもどこかがくちゃっとなっている長い銀の髪はきれいに梳かれオールバックに整えられ、いつもは見えない形のいい額が丸出しだ。

男性にしては白い肌。きれいな水色の目、形のいい鼻、少し薄めな唇。

ああ、本当にきれいな男性だわとオリヴィアは改めて思った。

「なんだこの圧倒的な美しさは。神々しい。まぶしい！　この世のものとは思えない！」

「よっ果報者！　あんたの奥さんだよ」

「男冥利につきますなあ」

男性陣は今日も褒めてくれる。ありがたいことだとオリヴィアは微笑む。

「さあエスコートですよクラース様。ファイト！」

「腰をお抱きなさい」

「こんな細いものをか!?　ポキッといくんじゃないのか？」

「そこは優しく」

「はい。お願いいたします」

見つめれば赤くなって、ふいと目を逸らす。が、すぐに見てくる。

可愛い、可愛いという声なき声が聞こえる。

「可愛い……」

今度は本当に聞こえた。こんなに喜んでくれる人がいるだろうか。

顔を見つめ、手袋のかかった手で彼の手を取り、そっと腰に回させる。

「……」

ガッチガチに緊張した様子で、されるがままだ。

「ありがとうございます。裾が長いので、歩きにくいのでございます。どうかお願いいたします」

「うん、わかった」

本当にこの方はわたくしよりも年上なのかしらと思いながら、オリヴィアはその手から伝わる熱を彼の手袋越しに感じている。

「もっと身を寄せないと歩きにくいですよ」

「……」

「何か？」

「いいえ」

そうして距離がほんの少し縮まったような縮まっていないような状態で歩き出すと、コニーがいたずらっぽく笑って体の後ろから弦楽器を取り出し顎に当てた。

滑らかな前奏が響く。ではまさかとトビアスを見ると、彼は微笑んだのち腕を広げ胸を張った。

すうと息を吸う。

粛々と歩み行かれよ
それは正しき道なり
それは汝らの誠の道なり

『永久《とわ》』。年季の入った独唱。ビブラートが効いていて、ものすごく上手い。

思わず驚いて見たオリヴィアに、トビアスはウインクしてみせた。まあ大変、目じりのしわまで含め、なんてかっこいいのかしらと思う。

高い山、深い谷、狡猾な悪魔の囁き
恐れるな、道を行け、それは正しき道なり
光り満ち花咲く麗しき愛の間へ
誠実な心のみ持ち歩み行かれよ
粛々と歩み行かれよ
それは正しき永久の道なり
汝らの誠の、永久の愛の道なり

クラースの腕をつかんでいなかったら、きっと拍手してしまったことだろう。二人ともプロ級である。まさかこんな名人たちがこんなところにいるとは思わなかった。

驚き頬が赤く、満面の笑みになっているだろうオリヴィアを見て、我が意を得たりという顔で二人が笑っている。

「すごい」

「ああ。二人はなんだかんだでいろいろなことができる」

「クラース様は？」

オリヴィアは夫を見上げた。彼は真面目な顔でオリヴィアを見ている。

「私は仕事しかできない。仕事しかしてこなかったから」

「そう」

「残念かい？」

オリヴィアは首を振り、優しく夫の目を見返した。

「いいえ。これから始める未知の楽しみが、たくさんあるということだもの」

「……そうだね」

クラースがふっと微笑んだ。いつも真顔でじっと見つめてくるので、今の表情は初めてかもしれない。

これから彼がオリヴィアがいることに慣れてくれたら、きっともっといろんな表情を見られることだろう。楽しみだ。

そして料理が運ばれる。ジェフリーがきっと腕によりをかけて作ってくれた、数々の御馳走。

メインにムメール鳥の丸焼きときたか。ふわふわでやわらかい身と、淡白ながら奥深い味わいを持つ希少な種だ。濃いめのソースが合う。

目の前の美味しそうな御馳走の数々を、じーっと残念な思いでオリヴィアは見つめた。

「ねえジェフリーさん」

「なんですかきれいな花嫁さん」

給仕の手を止めずに、ジェフリーがオリヴィアを見て微笑みながら答える。

「わたくし本当は目の前のこの美味しそうな御馳走に脇目も振らずにがっつきたいのですけれど、

本日はこんなでございましょう」

「ええ。目がつぶれそうなほどお美しいですよ」

「ありがとう。でもこの恰好はお料理をおなかいっぱいに食べるには、あまりにも不都合が多くてございますのよ」

「そうでしょうね。そう思って取っておいてありますから、明日にでも人の目がないところでがっつけばよろしいかと」

オリヴィアはにっこりと笑った。

「ありがとう。女心のわかる素敵な料理人さん」

「どういたしまして。美しい花嫁さん」

ウインクを残してワイルドでセクシーな料理人は厨房へと戻った。

視線を感じ見上げた。やはり見られている。

見返すと、やっぱり固まったのち、息を吐いてから意を決したように言う。

「まだ言ってなかったね。今日の君もとても可愛いよオリヴィア嬢」

「言ってらしたわ言ってないとお思いでしたの最初から全部聞こえましてよ。ありがとうございますクラース様。今日のクラース様もとっても素敵ですわ。ぴんとしてきらきらしていて、わたくし胸がドキドキしてしまいます」

「でかしたコニー！　こんな魚のうろこのようなギラギラした服を選んでくれてありがとう！」

「それシュガリーの最高級品ですよ坊ちゃ……旦那様。よくお似合いです」

食前の祈りを捧げ、微笑み、食べた。

「どうしたオリヴィア嬢小鳥のようで可愛いな。その服だと食べにくいのかい？　アーンするかい」

「お願いします」

「冗談だ。そんなことをしたら口を開けて待つ君がひな鳥のようで可愛いだろう」

「あら、残念」

くすくす笑って、オリヴィアは部屋の中を見回す。

忙しく人数の少ない中で精一杯してくれたのだろう飾りつけ、湯気を出す美味しい料理、笑い合うあたたかな人たち。

あのまま娼婦になっていたら絶対にあり得なかった、穏やかで美しい光景。

あたたかく、優しく、美しく丸いもの。

この幸せなものをこの先のクラースの人生にもたらすために、オリヴィアは死ぬ。この優しい人たちに、死ぬことを心から望まれて。

『永久』。なんたる皮肉。だがやっぱり今ここにいられる自分は、運がいいのだ。

「どうせなら楽しく」

「何か言ったかい？」

こちらを見るクラースの顔を見上げ、オリヴィアは微笑む。

「いいえ。とても楽しいなと申し上げただけです。あなた」

「いい響きだ君が楽しいのならばよかった。だが早くこの魚のような服を脱ぎたい苦しい」

オリヴィアは腕を伸ばし、夫の、今日はぴしりとした襟を撫でる。

「慣れておきませんと。来年からは社交も始まりましょう。何事も形から。慣れでございますクラース様」

「いいや。私は何も変わらない。何も起きないのだから」

「そうですか」

じっと、新郎と新婦は見つめ合った。

燭台の明かりに、彼の長い銀のまつ毛が揺れているのを、オリヴィアはじっと見る。

「……君を愛していないよ、オリヴィア嬢」

「とても残念ですわ」

「私は変わらない」

「せっかくおめかししたのに」

「……いいや。ピクリとも変わっていない。君の圧倒的な可愛さに驚いているだけだ」

「ああ、悲しい。愛する旦那様に少しも愛されなくて」

「……」

彼の水色の目が困った色でオリヴィアを見た。

ああ、今のはやりすぎたなと思う。オリヴィアはこの人を傷つけたいわけではない。

「いいの。徐々に愛していただけますよう、わたくし精一杯努力いたします」

「……しないでくれ」

「いいえ。いたします。愛してるわクラース」

「ああ可愛い騙されないぞ」

「心を疑わないで。愛してるわ」

「仕事だからやっているだけだ断じて騙されん。ああ可愛い見るたびに胸が締め付けられる。おっと今のは聞かなかったことにしてくれ」

「嬉しい。あなた」

「こらこら抱きつくのはやめなさいやめなさい当たったらどうするんだ当たらないかな当たらないかな。いやいやいやいややめたまえやめたまえ。絶対にやめたまえ」

ニマニマと、二人の助手が幸せそうな主を見ている。


お色直しは自分でした。

きらきらと光る髪飾りを付ける。

引きずらない長さの、口紅のように鮮やかな赤色。やはり高級品なので、やわらかい。

口紅の色も少しだけ濃く。やりすぎない程度にと思い直し少し落とす。鏡の中の自分を確認し、少し大人っぽくなった自分に微笑む。

やはりドキドキしてしまい、頬が少し赤い。

扉を開けると男性たちの目が一斉に集中するのを感じた。オリヴィアは姿勢を正し、彼らに向けて微笑む。

「これはこれは」

「冥利ですなあ」

しみじみと二人が言い、クラースが何かに引っ張られるように歩み寄って来た。正面からオリヴィアを見ている。

「……何て言う、このなんというかふわりんとろりんとした感じは」

「ご専門のはずの語彙力どこ行きました。ああ俺の奥さんは色っぺえなあ、でいいですよ。坊ちゃん」

「……」

水色の目がオリヴィアを見つめている。

それをじっくりと見返してから、オリヴィアはその肩越しにちらとコニーを見た。もちろんと彼は頷き、また取り出した楽器を顎に当てる。

広い部屋。ゆったりとした、深みのある滑らかな曲が揺れながら響く。

一番動きの少ない、体が密着するダンスの曲。わかってらっしゃるわ、とオリヴィアは微笑んだ。

腕を伸ばし、クラースに身を寄せる。間近で目が合う。

「どうした。なんで今私に近づいたんだオリヴィア嬢やめなさいそんなことをしたら私が嬉しいだろう」

「ダンスですクラース様。手はここ、もう片方は腰」

「そんなものやったこともな……待ちなさい！　なんでこの服は背中に布がないんだ実にけしからんね！」

「そういうデザインですの。お怒りはデザイナーさんに向けてくださるかしら」

「デザイナーさんありがとう！　いいのか！　本当にここに手を置いていいのか！　直に触っていいものなのかこれは騙されてるんじゃないのか私は！」

「ダンスとはそういうものです。もっとくっつかなくては踊れませんよ、クラース様」

「……」

「何かおっしゃって」

「……」

「あ、痛た」

クラースに足を踏まれてしまい、オリヴィアは小さく声を上げた。クラースの眉が下がる。

「すまない。足の動かし方がわからない」

「体が離れているからですよ。もっとこう、ぴったりとくっつけばお互い足も踏みません」

「……」

戸惑いながらクラースの手がオリヴィアの腰を抱いている。

平気な顔をしているが、ドキドキしている。オリヴィアはこれまでお稽古の先生と、父としか、ダンスを踊ったことがない。

アシェル家のご令嬢だ。これまで誘いは降るようにあったが、全て断って来た。

初めて全身に触れる若い男性の体が放つ熱がざわざわとくすぐったいが、くすぐったがってはいられない。オリヴィアはこの人の心を盗まなくてはならない。

「もっと抱いてください」

「……」

「もっとぎゅっと。これはそういうダンスです。クラース様」

「……」

音に合わせてゆったりと揺れながら、なるべく甘く響くように囁いた。オリヴィアの願いがその心に届くよう祈りながら、オリヴィアは背の高いその人のこちらを見続け動かないきれいな目を見つめている。

和やかに、にぎやかに。小さな結婚式の夜が更けていく。

翌日。本当に寝室が別だったわ、と、朝食を部屋で取り終えたオリヴィアは思った。

こっそりもりもり食べるためにと皆が気を使ってくれたので、オリヴィアの今日の朝ごはんはお部屋で一人。朝から美味しい御馳走でおなかがパンパンだ。

あのあと普通に部屋で別れ、着替え、湯を浴び眠った。妻になったとはいえ、生活は何も変わりないようだ。

皿を下げに食堂へ行く。テーブルでコニーが一人、お茶を飲んでいる。

「おはようございますコニー様。お仕事はまだですの？」

「おはようございます奥様」

「いえ、ちょっと退散しました。……あんまりにも面白すぎて」

「何がですの？」

「いえ、さっきクラース様が珍しく現代語の辞典なんて開いてらっしゃったので、何を今更と思って覗き込みましたら」

「はい」

コニーの拳が口元に当てられた。

「『恋』を」

「恋を？」

「『恋』を引いていたのですよ、辞書で。真顔で。ものっすごい真剣な顔で。二十一歳の男が。

……『恋』を」

ブフーッとコニーが耐えきれなかったように噴き出した。肩が震えている。

あらあらと思いながら、オリヴィアは想像してみた。背中を丸め、『恋』の項目を真顔で凝視するクラースを。

きれいな横顔にかかる透き通った銀の髪、物憂げな水色の目は伏せられ、その先の辞書には、長い指の先で差された、『恋』。

「っ……」

「っう……ぐっ……」

二人前かがみになり、必死で腹筋を使っている。笑っちゃだめだ笑ったら彼があまりにもいたたまれない。

はあはあと肩で息をして、二人は耐える。

ようやく波が引き、まだはあはあ言いながら涙目をハンカチで押さえているオリヴィアを、コニーがじっと見ていた。

「なんでしょう」

「いえ、予想よりもはるかに順調で助かっておりますオリヴィア様」

「それは何よりですわ」

奥から現れたジェフリーが、オリヴィアの前にティーカップを置く。

「美味しかった？」

「はい。朝からもりもりいただきました」

「それはよかった。ちょっと出るよコニー。そろそろ卵売りが来る」

「わかった」

ジェフリーが前掛けを外して厨房の奥に行った。

コニーが静かに、オリヴィアを見ている。

「オリヴィア様には我々は、悪魔に見えましょう」

「いいえ。金貨に見えております」

コニーが笑った。

「そうですか。それは心が軽くなるな。こんなにも顔を合わせ、言葉を交わしておきながら、心の中では『どうか無事に死んでくれ』と思っている相手を、憎くは思われませんか」

「いいえ。本当の悪魔は、事前に何の説明もなく突然お金と命を巻き上げていくものです。あなた方は紳士ですわ。初めから事情を明らかにし、わたくしに選択させたうえ、今のところなんの約定も違えておりません。これはわたくしが選んだこと。後から条件を変えられても、困るのはわたくしです。今後もこのまま、どうかぶれることなくお願いいたします」

「……」

コニーの落ち着きある茶色の瞳が、オリヴィアを見ている。

「少し、昔話をしてもよいでしょうか」

「はい。わたくしお話し相手が欲しくて仕方がございませんの」

「ありがとうございます。私ことコニー＝アンドリューはこれでも昔、天才と呼ばれた研究者でした。古語に精通し、暗号解読のひらめきが群を抜いて優れていると、研究所でちやほやされて調子に乗っていたものです」

「コニー様が？」

「はい。私が。二十代の、若さゆえの愚かさです。お見せできないほどのうぬぼれっぷりでございました。二十二歳のとき、ある一枚の翻訳文に出会いました。旧ケルテンク語の、エドモントという歴史学者の散文だったのですが、その人の文章がまあ読みにくくて有名な人で。詩的かと思えば突然数学的な話題になり、独特の比喩表現も混ざってまさに学者泣かせなその人物の、何気ない日記のようなものです。それほど価値はないだろうと今まで後回しにされていたそれが、一枚の紙の上に、流れるような文章で現代語に訳されていた」

コニーがそこに何かがあるかのように、テーブルの上を見ている。

「ああ、エドモントが言いたかったこと、見ていた世界、残したかったものはこれだったのかと、全身に鳥肌が立ちました。美しい文章。だがしかしそれはけしてエドモントの吐息を消すことなく彼の生の声がそこにありのままに表現されていた。エドモントが現代語を話していたならばまさにこれになっただろうという、正確な。何一つ彼の心を無視しない、だがしかし美しいものがそこにあった。衝撃的でした」

「……」

「その訳者が十一歳の少年であったことがどれほど、当時の私の高く伸びていた鼻に衝撃を与えたか」

「ぽきりと?」

「はい。ぽきり。根元から。研究所で上に行くことばかり考えていたはずの私はその日のうちにこちらに文を書きました。『御子息の助手にしてくれ』と。当時はまだセリシオ様が御存命中のことで、応のお返事をいただき速攻で荷物をまとめ、それ以来こちらにお世話になっております」

じっと、コニーはオリヴィアを見る。一見穏やかに見える茶色の目はよく見れば奥に、揺れる熱のようなものがある。

「血統、才能。この世に存在するとは死んでも認めたくなかったそれを、私はここにいる限り認めざるを得ない。クラース様は長いオールステットの輝かしい歴史の中でも、抜きんでた才能の持ち主です。彼には文字が、光って見えるそうですよ。今必要な文字、情報、そういったものが多くの文字の中から自ら光り、その存在を彼に知らせるそうです。正直私には彼が何を言ってるのかさっぱりわからない。もうこの人に勝とうとか、比べようとか思う気力すらわかないほどに、あの方は天才なのです。オールステットはそういったものを世に生み出す家なのだ。ここで絶やすことなど許されない。この国の、過去と未来のために」

「……」

コニーの目がオリヴィアを見据える。そこに燃えるような情熱はあっても、欲の色は全くない。

「そのためならば私は悪魔にもなりましょう。正直あなた様のことは大変好ましいお嬢さんだと思いますが、それ以上に私はオールステットに心酔している。ぶれる心配は御無用。そしてそれはトビアスさんも一緒、いや年季が入っている分彼のそれは私よりもはるかに強い。我々は揺るぎなくあなた様の悪魔であり続けますのでご安心ください。今後ともよろしくお願いいたします、奥様」

「よくわかりました。……お家大事の忠義者、心強いですわ。わたくしも家が大事です。残りの金貨五十枚、必ずや手に入れるため、今後も精進いたします。変わらぬご協力をお願いいたします」

「承知しました」

共犯者の視線を交わしてから、コニーと別れた。

穏やかそうな彼の中にある、熱いものを正面から浴びたような心持ちのまま歩む。

才能。そして血統。

歴史ある家に生まれた、クラースという正しき継承者。

オリヴィアがうまくやれば、その血はこれからも脈々と続いていく。呪いも消え、過去の醜聞もきっと時と共に薄れながら、平穏に。

屋敷の中で消えていった女たちの悲鳴も、血も、涙も時間が押し流して。穏やかに。

そっと二階に足を運んだ。古びた鏡の前に立つ。

当たり前のもの以外何も映らない。オリヴィアがそこにいるだけだ。

「カミラ」

友を呼ぶように彼女を呼ぶ。

返事はない。

しばらくそこにそのまま立っていた。そしてくるりと踵を返す。

さて、今日はどうしよう。たくさん食べた分体を動かさねばとオリヴィアは思った。


屋敷に入って何日かが過ぎた。本を読んだり、美味しいものを食べたり。オリヴィアは驚くほど穏やかに毎日を笑って、屋敷の中での日々を過ごしている。

朝食後。ほか、ほか、ほかと湯気を出す布を、オリヴィアは手にしている。

じっと正面で、クラースがこっちを見ている。ほどよく冷めたのを確認してからその頭に、オリヴィアはぱさりとその布を被せた。

「えい」

「あたたかい！」

笑いながら撫でる。何かくすぐったいのか、たまにそれがもぞもぞと動く。はた、とそれが急に止まった。

「……今、もしや君の顔が私の目の前にあるのだろうか」

「はい。今なら前が見えないから前に向かって転んでも何も不自然ではありませんよ。その場合はタイミングよく布をどけて差し上げます」

「……」

「何か？」

「いいえ」

くすくすと笑いながらしばらくそうして、やがて布を外す。現れた目に、正面からすごく見られる。

「あちらを向いてくださいな」

おとなしく従ったクラースの髪を、後ろに立ち、そっと梳いていく。

きれいな髪だわとオリヴィアは思う。きらきらと輝く銀色の、繊細な髪。

「髪の色はお父様譲りですの？」

「ああ。オールステットの男は揃ってこうらしい」

才能。血統。代々オールステットの男たちに受け継がれてきたもの。

「そう。とても素敵です。きらきらして」

「ありがとうお父さん！」

引っかかったら痛いから、毛先から。優しく優しく、オリヴィアはクラースの髪を櫛で梳く。

今日のクラースの襟はぴしっとしている。約束通り、オリヴィアがアイロンでそうさせていただいた。

正面の鏡越しにクラースがこちらを見ている。相変わらずすごく見ている。朝の光がそこに反射して、オリヴィアは眩しさに目を細めた。

「今日はいいお天気ですねクラース様」

「ああ。ちなみに私は今君に言われてそれに気づいた」

「不思議ですね」

そうしてきれいに髪を梳き、後ろでちょんと結べば、輝くように立派な紳士が現れた。

立派な体格に整った顔立ち。ちゃんとすればこんなに素敵なのだ。どうしてあんなにくちゃくちゃともったいないことをしていたのだろうと思いながら、鏡越しに彼と見つめ合い、オリヴィアは微笑む。

「とってもご立派で素敵ですわ。わたくしの自慢の、愛しい旦那様」

「……君は鏡の中でさえ可愛い」

「まあ嬉しい。ありがとうございます。髪は寝る前に乾かして香油を塗りこめば、寝ぐせも付きにくいですよ。わたくしが使っているものでよろしければお分けいたします。オールステットのお金で買ったものですけれど」

「……そんなことをしたら私の髪からいいにおいがするだろう。君の」

「はい。同じ香りの髪になりますわね」

「遠慮する。眠れるわけがない」

「そうですか？」

笑って別れた。クラースはお仕事。オリヴィアは庭仕事の予定だった。

廊下の曲がり角で姿が見えなくなるまでじっと、やっぱりクラースはオリヴィアを見ていた。


太陽が昇った頃の中庭。オリヴィアは土まみれである。

これならきっとなんでもすくすくと育つに違いない土に、何も植わっていない。

借りたクワで固まってしまった土を起こしていると、お爺さんが歩み寄ってきた。

鷲鼻、気難しそうに寄った、白くて長い眉。

ああ、ようやく会えたとオリヴィアは微笑んだ。

「ヨーゼフ様でいらっしゃいますね」

「そうです。奥様ですな」

「はい。オリヴィアと申します。短い間ですがよろしくお願いいたします」

「……ご挨拶が遅くなり申し訳ないことです。いつもあっちこっちとこまこま走っておるものですから」

「いいえ。勝手にお庭をいじって申し訳ありません」

「クラース様がいいと言うのなら、わしなんかに駄目を言う権利はございません。奥様のお好きになさってください」

「ありがとう」

ヨーゼフがそれ以上続けないので、オリヴィアはしばし、作業に没頭した。

「……奥様は」

「はい」

「この家のことをご存じのうえで、お越しになられたと聞いとります」

「はい」

「勇気のあるお方だ」

「いいえ。お金がなかっただけです。わたくしにはもう体と命しか、売るものが残っていなかったのです」

「……」

ヨーゼフの目が、瞬きながらじっと掘り返されていく土を見ている。

むっつりとした、気難しく見える顔。もうそれで表情が固まってしまっているかのように、彼の顔は動かない。

「かつてここは、さまざまな種類の薔薇でいっぱいでございました」

「ヨーゼフ様がお手入れを？」

「いいえ。カミラ様が自ら」

「……」

「……悪鬼と、とんでもない悪女であると、旦那様方はおっしゃいますが、けしてそのようなお方ではございませんでした。どうかかの方を、お恨みにならないでほしいと願うのは、じじいの勝手。お聞き流しください」

「カミラ様は」

オリヴィアは手を止めて言った。

「どのようなお方でしたの？」

「……優しいお方でした。十三でこちらにお世話になった、洟垂れ小僧だったわしにとっては」

「……」

それ以上続けず、彼は首を振った。

「奥様はここに植えた花がどうなるかも、お聞き及びでしょうか」

「はい。つぼみのまま、咲かずに枯れると。でもわたくしはやってみたいのです」

「そうですか。では何かのついでに種やら苗やらを買ってきましょう。ご希望はありますか」

「ありがとうございます。植えたいものに関しましてはこちらにメモが。お手数をおかけして申し訳ございません」

「……」

ポケットから出したメモを渡すと、ヨーゼフは沈黙ののち、頷いた。

「では、入ったらお知らせします」

「ありがとうございます」

「いえ。どうぞ旦那様と睦まじくお過ごしください」

「はい。そう願っております」

ヨーゼフを見送ってからもオリヴィアはしばらく土をいじっていた。

やわらかく、ふかふかに、と願いながら汗を流していると、なんだか気持ちよくなってきた。

ふと視線を感じて顔を上げた。男が三人、じっとオリヴィアを見ている。

「お昼ですよ、奥様」

「土まみれでも可愛いっていうのはどういうことだ。そして意外と力持ちだ頼りがいがある」

「若さですなあ」

はっはっはとトビアスが笑う。

「ではまず体の土を落とさなくては」

「たまには外でというのはいかがです。ピクニック気分で」

トビアスが言う。コニーがそちらを向いた。

「天気もいいし、いいんじゃないですか」

「なんだか楽しそうだ。いいかいオリヴィア嬢」

「お気遣い痛み入ります。お願いいたします」

そうは言ってもできる限り体の土を落とし、手を洗い、布で顔を拭う。

だいぶ暖かくなってきた。もう少しで空気に夏のにおいが混じるだろう。

家の皆はどうしているだろう、と思う。ちゃんとご飯を食べているだろうか。

クラースに頼めば、もしかしたらコニーあたりが家族の様子を見てきてくれるかもしれない。だが、里心がつき覚悟が鈍るかもしれないだけのそれは、あの日交わした約定の中には載っていなかった。オリヴィアだってそれでいいと思って署名したのだ。今更言い出せることではない。

「悲しいのか？　オリヴィア嬢」

「見てるなあ」

「もう妻です。そろそろ呼び捨てになさって、クラース」

「…………オリヴィア」

「はい」

「……オリヴィア」

「なんですか、あなた」

「オリヴィア」

「なあに。クラース」

「仲良しですなあ」

「何よりですね」

やがて到着したものを皆で食べる。平たい生地の上にさまざまな具材がのせられ、それぞれが美味しそうな加減でこんがりと焼かれている。

果実と野菜を絞って混ぜたのだろうつぶつぶを感じるジュース、自然な甘みのあるポタージュ。切った生の新鮮な野菜の上にはざくざくした食感の何かを揚げたものがかかっていて、ドレッシングが少しスパイシー。

伸びても伸びてもまだ伸び続けるチーズに涙が出るほど笑いながら、太陽の下で食べる昼食は実に楽しくて美味しかった。

「楽しいかい？」

クラースがオリヴィアに尋ねる。

「ええ、とっても。クラースは？」

「楽しい」

「よかった」

微笑んで見返せば、やはりじっと彼はオリヴィアを見ていた。銀の髪が風に揺られ、きらきらと光っている。

「とても楽しい。オリヴィア」

「よかった」

熱くて美味しいものを一生懸命食べたせいでしっとりとかいてしまった汗を、ハンカチでぬぐう。風が気持ちいい。それを、クラースが見ている。

「君という人は、明るくて楽しくて可愛いんだな」

「さらに言うと実は勉強とお金好き」

「それは楽しみだ。……オリヴィア」

「はい」

真剣な水色の目が、じっと、オリヴィアを見る。

「君の可愛さに目がくらんで、君の状況も考えることができておらずすまなかった。アシェル家のことも、コニーに聞いて初めて知った。お父様の弔いをしようオリヴィア。まだ、落ち着いてやれていないのだろう？　今度、近くの川に舟花《ナーヴエオラ》を流しにいこう」

「……」

オリヴィアはじっと彼を見た。

舟花流し。海で死んだ人に対して行う儀式だ。

故人を想う人が川に流したその白い花は見えぬところで小舟に変わり、海で迷う魂を迎えに行くのだという。

オリヴィアはずっとそれをやりたかった。でも花を買うお金の余裕も、それをする時間も、これまでずっとなかったのだ。

「……」

そして、泣いている余裕も。

「……コニー。こういうときはどうしたらいいんだ」

「黙って胸を貸しなさい。男なら」

「……」

思わずすがりついた胸に顔を埋め、オリヴィアは泣いた。

この場所でオリヴィアは誰かの自慢の娘じゃなくていい。優しくて強いお姉ちゃんじゃなくていい。ただのオリヴィア、この人の妻だ。

「お父様……」

「どうしよう見ているだけで胸が苦しいもっと彼女を慰めたいどうしたらいい」

「ぎゅっといけぎゅっと。旦那だろ！」

「よしコニー我々は少し離れよう。ダッシュ！」

「はいトビアスさん！」

「……」

「……」

ずっと我慢していた父への涙は、一度出てしまったらなかなか止まらない。胸が張り裂けそうに痛い。自分よりも大きなものに包まれる温かさが久方ぶりで、それがかつてオリヴィアにそうしてくれた人を思い出させ、さらに泣けた。

励ましの言葉も慰めの言葉もなく、クラースの大きな手が不器用にそんなオリヴィアの背中を撫でている。

どれくらい経ったか、目の前の布がびちょびちょになっていると気づき、はっと現実に引き戻された。顔を上げるとやはり、きれいなクラースの顔があり、水色の目と視線がぶつかった。

銀色の髪が太陽に透けて、とてもきれいだ。その顔を、オリヴィアは涙の落ちる目でじっと見つめた。

「……落ち着きました。服を、こんなにしてごめんなさい」

「とても光栄です」

「……ありがとう、クラース」

「……まだ、このままでもよいのだよ」

「……」

そんなふうに優しく言われ、なんだか恥ずかしくなってしまった。十七にもなって、突然子どものように。

「いいえ、離れますごめんなさい。本当に恥ずかしい。はしたないことでした」

「……君はずっと、いつ見ても可愛くにこにこしていたが、本当はこんなにも泣きたかったのだね」

「……」

「お父様が、大好きなんだね」

「……はい」

せっかく止まったのに、と思いながら、今零れた涙をそっと拭いた。

まだ滲んでいる視界に彼を入れる。

こんなにたくましい人だったかしらと、改めて形を見直すように、じっと。

そういえば空の下で彼を見るのは、これが初めてなのだ。

「……あまり見つめないでくれ」

「いつも見つめてくるではありませんか」

「私のは仕方がない自分でも制御不能な摩訶不思議な現象なのだから。一度部屋で休んだほうがいい。ずいぶんと動いたみたいだし、疲れただろう。また夕飯時に会おう」

「はい。お仕事の邪魔をしてすいませんでした。ありがとうございました」

「……オリヴィア」

「はい」

「何かあったらすぐに言うのだよ。君はおそらく、我慢強すぎる傾向がある」

「……はい、旦那様」

微笑んだけれど、きっと泣き疲れた子どものような顔をしていたと思う。

甘えること。これまでオリヴィアが最も苦手だったことを、今日、この人にした。彼が少年みたいな目をしているから、オリヴィアもつられて少女に戻ってしまったのかもしれない。

廊下を歩み吹き入るあたたかな風に髪を揺らされながら、きっと自分は、あの方を愛せるとオリヴィアは思った。

人よりも美しい言葉を数多く知りながら、何も言わずにただ不器用に撫でてくれた大きな手の感触が、いつまでもじんわりとしたあたたかさを伴ってオリヴィアの木漏れ日の映る背中に残っていた。


数日後。

オリヴィアは久しぶりに馬車に乗って、外に出た。

二人掛けで隣はクラース。別便にコニーとトビアスが乗っている。

「外に出て大丈夫ですの？」

「ああ。知り合いの土地だ。他の者は入れないよう頼んであるし、トビアスとコニーがあたりを見守ってくれる」

「空から女性が降ってこない限り？」

きょとんとした顔でクラースがオリヴィアを見た。

「ひょっとして女性というのは空から降ってくることがあるのかい？」

「冗談です」

「なんだ驚いた。まあ、降ってきても大丈夫だろう」

「真実の愛に目覚めてしまうかも」

「目なら覚めてる」

言ってからはっと後ろを見た。

「カミラに聞こえただろうか」

「屋敷の外だから、大丈夫なのではありませんか」

今日は喪服を着ている。黒のレースの付いた帽子を被り、手には白い花。

静かに馬車が揺れ、景色が前から後ろに流れていく。

やがて馬車は止まった。きれいな小川。きらきらとその表面が太陽の光を反射しながら水が流れていく。

トビアスとコニーは見張りをしているのだろう。姿が見当たらない。

クラースも今日は黒い服だ。やっぱり生地が上質。染めも。ここまでの漆黒の服はそうそうお目にかからない。

「オールステットはお金持ちですのね」

「金を使わないタイプの人間が多いせいで代々貯まってしまったようだ。運用はトビアスに任せているが、妙に運もいいようでどんどん増える」

「持てる者とは、そういうものですわ」

そして逆もまたしかりであるということを、オリヴィアは知っている。

川面を見る。きれいだ。

花を抜く。大きな花弁を持つ、ふんわりと丸い花だ。

「ごめんなさいね」

言いながら、花の部分だけをぽきりと取る。花弁の水をはじく力が強いので、このまま舟のようにぷかぷかと水に浮くのだ。

「……」

父を思う。まだ子どもだったときいっしょにした、かくれんぼを思う。

父はいつも一番にオリヴィアを見つけてくれた。弟よりも、妹よりも早く。一番に。

『見つけたぞオリヴィア』

そう言って白い歯を零して笑う精悍な顔が見えた瞬間の安堵を、オリヴィアが忘れることはないだろう。

「……お父様を見つけて。責任感が強い人だから、きっとその場所に止まっていると思うの」

オリヴィアは舟花《ナーヴエオラ》に語りかける。

「お母様も、ブライアンも、キャサリンも、皆、待ってるわ」

「……オリヴィアも」

そう言って隣にしゃがんだ人を、涙の落ちる目でオリヴィアは見る。

「彼が愛する娘、オリヴィアも、心から彼の帰りを待ち望んでおります」

「……」

ぽろぽろと溢れる涙そのままに、そっとオリヴィアは舟花を水面に置いた。

「お願い舟花さん。……どうかパパを見つけて」

そう言って手を離した白い花はゆっくりと、ときどきくるくると回りながら、光の中を流れていった。

その姿が見えなくなるまで立ち尽くし、眺めた。美しくて、悲しい光景だった。

「……胸を貸すかい」

「こんな上等な生地、濡らせません」

「……安いのを着てくれればよかった」

心から残念そうに言うので、オリヴィアは思わず笑ってしまった。

隣に立つ彼を見上げる。白い面に水面が反射したきらきらした光が映っている。

優しい目が、オリヴィアをじっと見ている。

「……ありがとう、クラース」

「いいや。当然のことだ。きっと見つけてくれるよ、オリヴィア」

「そうね」

「今度、君の家族の話を聞かせてくれ。君が話したいときに、話したいことだけでいいから」

「ええ。わたくしの自慢。聞いてください」

「わかった。家族の話は興味があるんだ。自分があまり知らないものだから」

「……」

漆黒の服を纏った長身の男を改めて見る。

母を幼いころに亡くし、若くして父も亡くし、この人はもう、一人ぼっちなのだった。

普段楽しそうに書に溺れているから忘れそうになるが、あの広い屋敷に、彼は一人。

腕を伸ばし夫の腕にかけた。クラースがオリヴィアを見る。

「これから家族の思い出を作りましょう。短い間ですけれど」

「……十二月になったら君は元気に出て行ってしまうからな。確かに短い」

「ええ」

きらきらきらと光が舞う。青い空を鳥が一羽、高い声を上げて飛んでいった。

三章

夏

海と雷と星

Ms.Olivia
dies when she is loved.

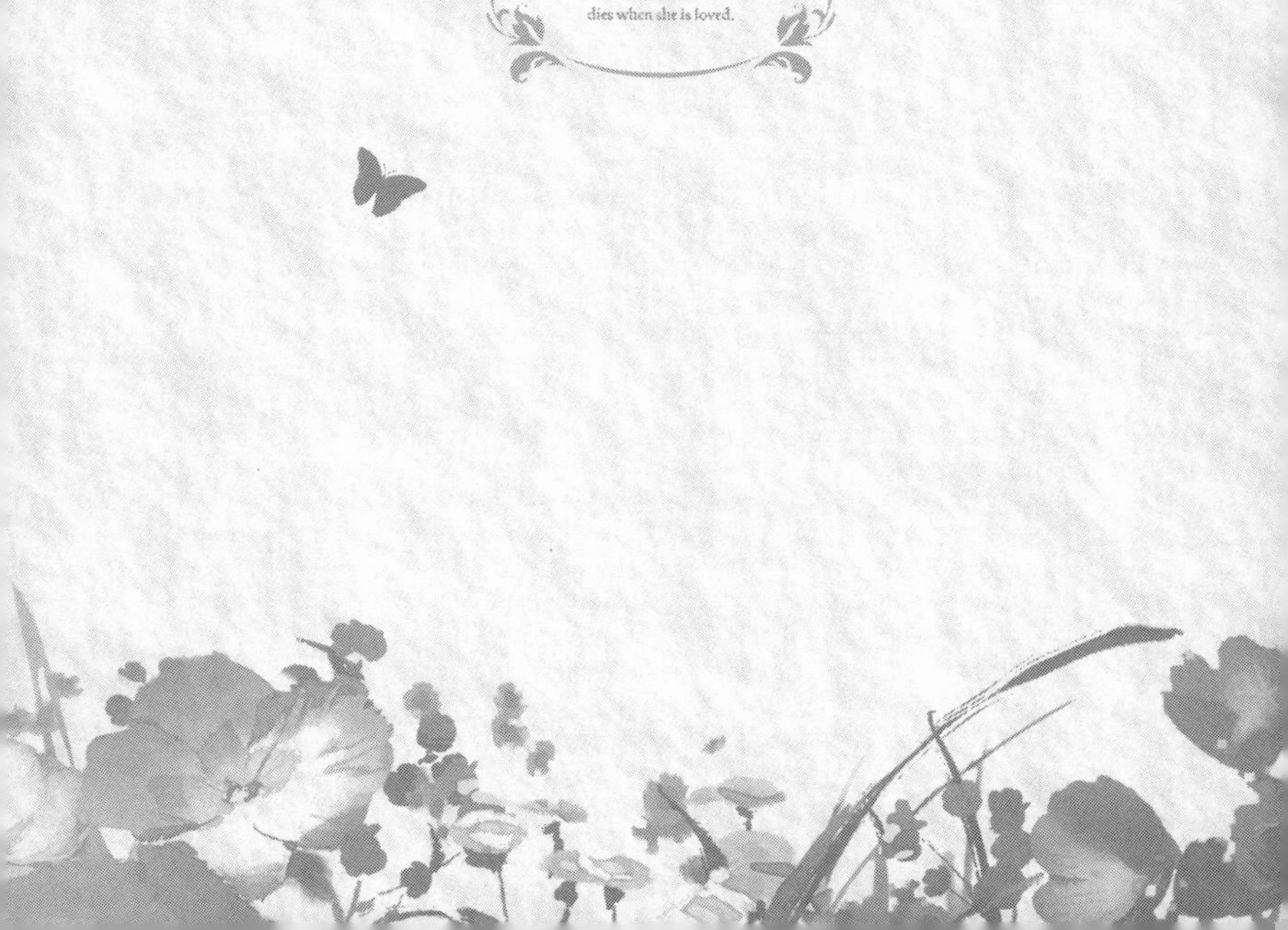

「おはようございます」

「おはようオリヴィア」

「おはようございます、奥様」

朝。食堂に入ると、クラースとコニーが何やら疲れた顔を突き合わせていた。

「どうなさったの？」

「ガラクス語に訳せと言わなかったか？」

「カグラス語と言いましたよ。旦那様」

「メモでもらえばよかった」

「本当に」

何十枚かの紙をクラースが手にしている。ガラクス語で書かれた一枚目のそのタイトルを見るに、過去の天候の記録書のようだ。

コニーは古文書をカグラス語に訳せとクラースに伝え、クラースはガラクス語に訳した。そういうことだろう。

「一晩かけてやったのに」

今日のクラースはなんだかくたびれている。あとで髪の毛は念入りにとかしてあげないとならないだろう。こちらもなんだかくたびれた様子のコニーがその紙を覗き込んでいる。

「これを一晩でできるのもどうかと思います。まあやってくれると思っていましたが……参ったな。

今日はこのあと会議に出なきゃいけないし。今手の空いてる、ガラクスとカグラス両方できるやつ、いたかなあ」

「会議。……クラースも参加されますの？」

　クラースがオリヴィアを見た。

「馬車には幕を付けるし、参加者が男だけだとわかっているからね。皆も呪いのことは知ってる。機密事項が飛び交うから、部外者の飛び入りはありえないよ」

「よかった」

　クラースが不思議そうな顔をした。

「だってお屋敷の中だけでは、さすがにつまらないでしょう？　色々な人に会うのは、大切なことと思います」

「……君を閉じ込めている」

「そういう約束です。文句はございません」

「……」

「両方できます」

「……」

　コニーとクラースが顔を上げてオリヴィアを見た。オリヴィアは微笑む。

「ガラクスは宝石の一大産地、カグラスは織物の産地で我が家でもよく取引がございました。幼少から聞いて育った言葉です。どちらも大丈夫です」

「今から言うガラクス語の単語をカグラス語に訳してくれ」

「はい」

クラースが立て続けに単語を言うので、オリヴィアはひとつひとつ答えた。ああ、懐かしいなと思う。小さいころ、よく間違った単語ばかりだった。

「この一文を通しで三行」

「はい」

指さされた箇所を、訳し読み上げる。コニーがクラースを見る。

「一切問題ない。君たちはつくづく、恐ろしい人を連れてきたものだ」

「一応聞きますが、奥様に甘い判定はなさってませんね」

コニーが問う。クラースが彼を見た。

「私が言葉のことで手を抜くと思うか」

「思いません」

クラースが紙の束をオリヴィアに渡す。

「本日中に、できるだろうか」

ペラペラとめくり、引っ掛かる単語がないことをオリヴィアは確認する。

「問題ございません。知らない専門用語があったらと思いましたが、幸い大丈夫そうですわ」

「そうか」

水色の目が、初めて見る色でオリヴィアを見た。これまでの、珍しい虫を見るような目ではない。これまでに見られていなかったオリヴィアの何かを認められたような気がして、オリヴィアは嬉しい。

オリヴィアを泣かせてくれた人。父への舟を出させてくれた人。

少しでも、この人の助けになりたいと思う。オリヴィアはしっかりと朝食を食べ、出かける二人を見送り、部屋に戻り黙々と手を動かした。

「きれいな文章……」

思わず呟いてしまうほどに、正しい文法が、しかし堅くなりすぎずに適切な空白を挟んで非常に読みやすく並べられている。

『私が言葉のことで手を抜くと思うか』

あの言葉のとおりだ。ただ古い言葉を現代語に置き換え並べただけの訳ではない。ひとつひとつの言葉への濃密な愛が、その簡潔さ、読みやすさの後ろに透けて見えるような文章だった。

全ての文章がこうだったなら、世界に文学はもっともっと普及すると思う。

その背中を追うようにオリヴィアはペンを走らせた。その愛を壊さないよう、必死に言葉の中を泳ぐ。

物を運び売るのではない。広大な海は自分の頭の中にしかなく、出来上がったものは黒で描かれた文字の羅列だけ。

だがそこには誰かの吐息があり、感情が込められている。その美しいものをつぶさないように、一つ、一つ追う。

こんこん、とノックの音がしたので顔を上げた。

「どうぞ」

「失礼します、奥様」

料理人のジェフリーが甘く微笑みながら、手に持ったトレイの上を示す。

「お昼の時間だってお気づきですか。美しい奥様」

「今気づいたわ。ごめんなさい、持ってきてくださったのですね」

「食べやすいように小さく切っておきましたが、まさか本を読んだままお食事するようなことはありませんよね」

「ええ。でも念のため、お皿を返しに行くまでは一人にさせていただける？」

「承知しました。奥様」

恭しく頭を下げた後、甘く笑う。

彼は自分の魅力、その見せ方をよく知っている人だ。

もう少し先までやっておきたかったが、一度机の上を片づけた。

トレイを運び、窓際のテーブルに置く。三種類の異なる具材を挟んでふちを留め、外側をこんがりと焼かれたパン。断面から、美味しそうにとろけたチーズ、卵、ほぐした魚の身が覗いている。中身によって焼き具合まで変えてあるらしく、表面の焼け色が微妙に異なる。根菜が入ったトマト色のスープ、しゃきしゃきの生野菜。果実を絞ったジュース。

開けた窓から入って来た風を感じながら、オリヴィアはそれらを美味しくいただいた。

きれいに平らげお皿を食堂に戻し、続きにとりかかる。おやつの時間の前に、それは完成した。

何度も読み返す。物語ではなく記録だから、間違いがないか示し合わせて確認する。

問題ないと思う。クラースに確認してもらおう。

馬のいななきが聞こえ、外を見た。ちょうど帰って来たらしい。

玄関に、走らないように、それでも早足で向かう。正装したクラースがコニーとともに扉を開けた。

「おかえりなさい」

「……」

帽子を脱ぐ手を止めたクラースが、目を見開いている。

「どうしたの？」

「……」

手袋を外しながらコニーが、クラースを横目でにやりとしながら見ている。

「奥様からこんなに嬉しそうに、熱烈に歓迎されたんで、ときめいちゃってるんですよね、クラース様」

「断じて違う。びっくりしただけだ」

勢いが良すぎただろうかと、オリヴィアは自分の歓迎ぶりを少し恥じた。

手柄を褒めてもらいたい子どもじゃあるまいし。帽子を脱ぎ、手袋を外すのを待ち、手の中のものをクラースに渡す。

「もう終わったのかい」

「はい。さきほど。……いかがでしょうか」

水色の目が動き、指が、紙をめくっていく。読むのが速い。

「……研究所に持ち込んだってこうはならなかっただろう。やはり君たちはすごい人を連れてきたぞ、コニー」

「恐縮です」

クラースが澄んだ目でオリヴィアを見た。オリヴィアも見返す。

「二、三直したいところはあるけれど、ここまで正確に、細やかな愛情を持って訳された彼らが羨ましいほどだオリヴィア。ありがとう」

「……」

やわらかくクラースが微笑む。

ああ、よかったと思った。

クラースの愛を、自分はちゃんと、壊すことなく別の言葉にできたのだ。

どうしてだろう。とても嬉しいのに、じわりと目が潤んでしまう。

「……」

「……今日のはそんなに高くないはずだ」

「リフィルトの最高級品です。旦那様」

「ハンカチがございますので、お気になさらず」

目元をぬぐい、オリヴィアは笑った。このお屋敷に来てから自分の涙腺はどうなってしまったのだろうと思う。

「疲れたろうオリヴィア。休まなくて大丈夫かい」

「いえ、まだお庭のお世話がございます。お掃除も」

「せめて掃除は明日にしたらどうだい。気づくと君はいつもどこかしら掃除している」

「ではお言葉に甘えて。今日はお庭だけ」

「……」

じっとクラースがオリヴィアを見る。

困ったように笑った。

「どうか、無理はしないでくれ」

「はい」

汚れてもいい服に着替え、オリヴィアは外に出る。

このところいいお天気だから、抜いても抜いても雑草が生えてきてしまう。

しゃがみ込みしぶといそれらを抜きながら、しっかり根付いてくれた苗を見る。

大きな蝶が飛んできた。黒ぶちに、きれいなエメラルド色の羽根。お客さんだわ、と見上げたら、どうしたことかそれが突然方向を変え、オリヴィアの顔に向かって飛んできた。

思わず身を引き、バランスを崩し空に手を伸ばす。

「あっ」

そのままころんと地面に転げてしまった。

何も踏みつぶしていないことを確認してから、指先に感じた痛みの原因を見る。薔薇の枝に触れてしまったようだ。右の人差し指を見れば赤の丸が膨れ上がり、ぽちんと落ちた。

お水で流そうと思ってお屋敷に向かっていると、クラースが歩いてきた。

「オリヴィア、軽食の時間だよ」

「はい、わかりました。呼びに来てくださってありがとうございます」

答えたオリヴィアを、クラースが見ている。

初日のような凝視だ。最近そうでもなかったのに、どうしたのかしらと思う。

「指をどうしたオリヴィア」

「先ほど誤って薔薇に触れてしまいました。薔薇は動きませんので、全てわたくしの手落ちですわ」

「すぐに薬をつけよう。包帯も」

「棘が刺さっただけです。そんなおおげさな」

「いいや断固治療する。傷ついて痛そうな君など許さない」

「すぐに治りますわ」

「治るまでに妙なものが入ったらどうするんだ。トビアス！　トビアース！　すぐに来てくれオリヴィアが大変だ！　トビア――――ス！」

「大変じゃありません！」

「トビア――――ス！」

銀の髪を振り乱し、必死の形相でトビアスを呼ぶクラースを、困った方だわと思いながらオリヴィアは見つめていた。

胸の中に感じるくすぐったいような温かさも同時に、嚙み締めながら。

一日、また一日と日が過ぎる。

風に混じる夏の香りが、日々強く濃くなってきている。

「今日は大雨ですね」

「はい。夜中はもっとひどくなるとか」

「……」

夕食を食べながら、皆で窓の外を見る。雨音が大きい。

「どうしたオリヴィア。おなかが痛いのかい？」

「いやあ今日も見てますね旦那様」

そう声をかけられ、オリヴィアは顔を上げてクラースを見た。

暗い部屋の中でも、彼の銀色の髪は美しい。品のいい、長毛の猫みたいだ。

「……」

「どうしたんだ。どこか痛いなら言ってくれ」

「いいえ。今日はお庭のことができなくて残念だったなあと思っただけです。お気になさらないで」

「そうか。花のこともあったね。あまり降らないように祈ろう」

「ええ」

雨の音を聞きながら食事を終え、皆と別れ部屋に戻る。

湯に入り、髪と肌の手入れをし、大人しく本を読んでいる。

ゴロゴロと不穏な音がした。ああ、始まってしまったとオリヴィアは思った。眠るにはまだ早い時間だが、慌てて寝台に上がる。

頭まで布団を被り、体を縮めてぶるぶると震える。これはオリヴィアが克服できなかった、オリヴィアの数少ない弱点だ。

今日は腕の中に小さな兄弟たちはいない。抱き締める者のない頼りない腕で、震えながら必死に寝具を抱き締める。

「オリヴィア」

雷と雨の音に紛れ、そんな声がした。

布団から顔だけ出し、オリヴィアは扉を見る。

「オリヴィア。念のため言っておくがけして下心からではない。君の先ほどの様子が気になったので来た。何か皆の前では言いにくい、困っていることがあるならば教えてくれないか。だが寝間着姿の君はなんとなく破壊力がある気がするので絶対に見るつもりはないけして扉は開けないでくれ」

オリヴィアは扉を開けた。お風呂上りの風情を醸すクラースが、オリヴィアを凝視しながら目を見開いている。

「……今、開けるなと……」

「……」

そこにまた雷の音と、閃光。

無言のまま、オリヴィアはクラースに抱きついた。

「やわらかぁい！　待ってくれまずいまずいまずいすごくまずい！　どうしたんだオリヴィア」

「……」

またピシャーンバリバリと響いた音に、オリヴィアはぐっとクラースの体を抱き締める。

クラースの手は宙に浮いて、オリヴィアを抱き締めようかどうしようかと上下している。それからオリヴィアの体の震えに気づいたらしく、ハッとした様子でオリヴィアを覗き込んだ。

「……もしや雷が怖いのか、オリヴィア」

「……はい。子どものようで申し訳ありません」

「……実家ではどうしていたんだ」

「弟妹を抱き締めて眠っておりました。彼らを慰めるふりをして、わたくしは小さな彼らにすがりつき、慰められていたのです」

「……」

ゴロゴロの音が少しおさまったので、オリヴィアは顔を上げクラースを見た。

きれいな目はまっすぐに、心配そうにオリヴィアだけを見ている。自分に何かできないかと、必死で考えてくれている顔だ。

怯え縮こまっていた胸が温かくなり、オリヴィアは彼を安心させようと微笑んだ。

「でも大丈夫。もっと小さい頃は自分一人で何とかしていたことだもの。ずっと続くことじゃない。ただ、嵐の終わりを待つだけです」

「こんなに真っ青になって、一人で怯えて、震えながら？」

「こんな立派なお屋敷の中、本来なんの心配もないこと。なんてことはございません」

「……」

何か迷うようにしてから、クラースがきりりとした顔でオリヴィアを見た。

「オリヴィア」

「はい」

「私の腕を縛ってくれ」

ずいとクラースが自分の両腕をオリヴィアに差し出した。

その真剣な顔を、オリヴィアはまじまじと見つめる。

「……クラースってそういう感じですの？」

「君は何を読んだんだ断じて違う。今日私は、君が眠るまでそばで見ている。だが自分では君を見るのがどうにもならないのと同じように、腕だって勝手に動いてしまうかもしれないだろう。だから先に縛っておいてくれ」

「……」

じっと、クラースを見た。真剣な、決意した顔をしている。

「わがままを言っていいかしら」

「なんなりと言いたまえ」

「朝までいてくださらない?」

「…………いいだろう。心細いのだなオリヴィアなるほどいいだろう。さあ早く縛ってくれ今すぐにだ動いたら困るホントに今すぐに頼む!」

「わかりました」

ものすごくきちんと、オリヴィアは彼の腕を縛った。やわらかな布だから、痛くはないはずだ。

「では。私は窓のほうを向いて転がっている君のほうを向いたら確実に心臓が破裂するからなおいおいいいにおいだなベッドまでいいにおいだなもうまったく君は! どうしてだどうしたらこうなるんだお邪魔します!」

「では遠慮なく、失礼いたします」

また外が光ったので、遠慮なくその体に隠れるように後ろから身を寄せる。

雷は大嫌いだ。これを嫌いだった誰かの機嫌が普段以上に悪くなり、怒鳴り散らし酒瓶を投げ、わめくから。嫌な思い出と、あのときのみじめな気持ちを思い出させるから。

じわじわと涙が出る。大嫌いだ。オリヴィアが必死で守っているものをぶち壊しにしようとする、嫌な嫌な、決して消えない記憶。

薄く目を開ける。目の前のものに額を寄せる。

オリヴィアの前に差し出された背中は大きく、温かかった。

窓から差し込む閃光をそれは遮り、その温かさが嫌なものからオリヴィアを守ってくれる。

時折の閃光に照らし出される彼の耳が赤いことに、それを見上げるオリヴィアは気づいている。

男というのは、皆が狼なのだと聞いていた。表面上はどんなに紳士に見えても、一皮剝けば頭の中には破廉恥な下心しかないと、男性とお付き合いしたことのある人たちに聞いていた。

クラースだって立派な男性なのに、彼は夫という立場を利用せず、妻に腕を縛らせ、オリヴィアが怖くないようにとただそれだけを願って背を差し出している。

「……」

「……雷は」

「はい」

「一般的には、天の怒りだと考えられている」

彼が、語ることで何かから気を逸らそうとしているのだとわかり、オリヴィアはくすりと笑う。

人の心を脅かさない穏やかな声。この人の優しい声を、オリヴィアはとても好ましいと思う。

「ええ。背の高いものに落ちるから。頭を垂れることを忘れ、競い合って天に近づこうとする人間の奢り高ぶりを、神はお怒りになるのですね」

「ああ。だがこれを、大昔、自然現象だと考えた者がいたんだ。冬の乾燥した日なんかに、人の指と指の間に痛いものがぱちんと走ることがあるだろう。あれの大きいものが雷の正体なのではないかと、ある日ある男が、まさに雷に打たれたかのように唐突にひらめいた」

「……面白い」

「ああ。彼はなんとかそれを証明できないかと、実験をしようとした。雷が鳴るのを今か今かと待って、実験用の器具を自前で作って準備して」

「どうなりましたの？」

「こんな大変な日にあんたは何しているのよこの甲斐性無しのこんこんちきと妻に怒鳴られ、妻怖しで道に飛び出し、運悪く馬車に轢かれ、死んだ」

「……妻の、雷が落ちた」

「ああ。雷を解き明かそうとした男は妻の雷で死んだ。彼は学者ではなく、自分の画期的なアイディアを誰にも奪われまいと記録を誰にも見せなかったから、最近まで誰も彼の論を知らなかった。不思議な熱気に満ちた、面白い内容だったよ。私はそちらの専門家ではないのでわからないが、人に『試してみたい』と思わせる何かがある文章だった。あれが訳され世に広まればきっと、その先に行こうという者が現れるだろう。あれはただの変人と呼ばれた大昔のある男の、愚にもつかない妄想だったのか、それとも一人の天才の奇跡のひらめきだったのかが証明されることだろう。もし後者であれば長い空白の時間を挟み、止まっていた何かが大きく動き出す。ほんの偶然の積み重ねで、それを滑稽話として報じたものが資料と共にこの世に残り、どういうわけか今、我々に届いた。どうしてそれは時代を越え長く秘められたのか、どうして発見が今だったのか。不思議なものだね」

「ええ。……とっても不思議」

ゆっくりと、囁くように静かに話していたら、ぽかぽかと温かくなってきた。

もう音も、光も、オリヴィアの心を揺さぶらない。響く声、目の前の背が温かく、優しい。

「……なんだか眠れそうです。お話してくれてありがとう。あなたが来てくれてよかった、クラース」

「そうか役に立ってよかった。ぐっすりおやすみ、オリヴィア」

「はい、あなた」

本当にぽかぽかと、眠くなってきた。

雷の音を遠くに感じながら、温かさに包まれ、オリヴィアは眠りに落ちた。

「……」

背中から聞こえる静かで規則的な寝息を感じながら、クラースは眠れない。眠れるわけがない。

「こんな幸福な拷問がこの世にあったのか……」

ピカピカ光る明るい光に映し出されながら、クラースは眠れない目をぎゅっと閉じ、絶対に振り向かないと決めながら、背中の温かさを感じていた。


嵐の去った朝。コニー＝アンドリューはオールステットの長い廊下を歩んでいる。

珍しく旦那様と奥様がいつもの時間に食堂に現れない。昨夜は少し調子が優れないようだと、彼女を誰よりもよく見ている旦那様が言っていたので、ひょっとしたら体調が悪化して寝台から出られないのかもしれない。

ドア越しに声だけかけようと思い、コニーは奥様の部屋の前に立った。旦那様の方はどうせ夜遅くまで書を読んでいるうちに寝落ちしたのだろう、あとで耳元でわっとやって起こしてやろうと思いながら。

ノックしようと思い伸ばし掲げた拳の先で、がちゃりと扉が開いた。

現れた、いかにも眠たげで、片側に派手な寝ぐせのついた銀髪の男と思い切り目が合った。

「……」

「……」

水色のそれと三秒見つめ合ってから、コニーはくるりと踵を返した。

「大人の誕生日おめでとうございます、旦那様」

「違う違う違う断じて違う！」

「照れなくて結構ですよご夫婦なのですから。ああ、あの小さかった坊ちゃんが。コニー＝アンドリュー、まさに万感の思い！」

「違うんだ聞きなさいコニー！　待てコニーちょっと待て聞いてくれこれには訳がある！　待て待て待て走るなそっちは食堂だな待てジェフリーに祝い膳を用意させようとするな！　違うんだコニー！　待ってくれ聞いてくれ！　コニ――――――ッ！」


　あらあら、とその声を聞きながら、オリヴィアは寝坊を詫びつつ寝台を出ようとし、出る前にそっと、自分以外の人のぬくもりの残るベッドを撫で、微笑んだ。


　嵐が去り、また日が流れる。生活に大きな変化がないまま、本格的な夏が訪れた。見上げれば空はどこまでも青く、太陽は強く、風に漂う緑のにおいが濃厚だ。

「急に暑くなりましたね」

「ええ。まるで小さな季節を一つ飛ばしてしまったみたい」

　わいわいと夕飯を食べている。今日は焼いた鶏がメイン。皮がパリパリで、焼いた野菜にそのソースが絡み実に美味しい。小さく切られた根菜の浮かぶ透き通ったスープは、塩気がほんのわずかにいつもより効かせてある。皆今日はいつもより汗をかいただろうという、ジェフリーの細やかな配慮だろう。

「ジェフリー、氷が食べたい」

クラースがデザートの皿を持って出てきた甘い顔立ちの料理人に言う。

「残念ながら旦那様、今日は売り切れです」

「そうか」

「フルーツを置いときます」

「ありがとう。今日もとっても美味しかったです」

「どういたしまして、奥様」

素敵なウインクを受け止めた。

「しかし暑い。何か気晴らしになることはないか」

「気晴らしになるかはわかりませんが、今夜は星が降るそうですよ」

「星？」

皆がジェフリーを見た。自分に集中した視線に動じることもなく、ゆったりとジェフリーがそれらを受け止める。

「ええ、どこかの星の研究家が言ってるそうです。妻が言ってましたよ。今日は何年ぶりだか何十年ぶりだかの、星が降る日だって」

「へえ」

「確かにあるな、そういう天候記録が」

「そういうわけで本日は皿を片づけたら失礼いたします。妻と夜通し空を見上げる準備をしなくてはなりませんので」

ふっと甘い、大人の男の顔でジェフリーは笑い、頭を下げてからその場を辞した。

「ロマンチックですね」

「羨ましい」

同時に言ったクラースと、オリヴィアは目を合わせた。

「……」

「コニー、庭のウッドデッキに布だ」

「はいはい。星降る夜、二人っきりで空を見上げてロマンチックですね」

「二人もいてくれ」

「なんでだよ」

「絵面！」

「夜中二人きりなんて何があるかわからないだろう」

「あってもいいって言ってるんですよ旦那様」

「いやいやいやまずい。断固まずい。だがいっしょに星は見たい」

「子どもか」

「駄々っ子か」

わいわい言いつつ食事を終え、それぞれ湯に入り、現在四人は布の上に寝っ転がっている。

初めは座って上を見ていたのだが何しろ見るものが見るものだ。だんだん首が痛くなってきたのでクッションやら何やらやわらかいものをたっぷりと敷いて、大人四人。それぞれの頭を中心に向け、円を描いて広いウッドデッキに優雅に寝そべっている。

「落ちませんなあ」

「もう寝ていいですか」

「いやいやいや諦めたらいけない。あっ今少し動かなかったか」

「気のせいでしょうなあ」

「……」

日が落ちたら気温も落ち着いていてちょうどいい。からりとした風が気持ちよく、何か本当に眠ってしまいそうだ。

「わたくしもうっかり眠ってしまいそう。……お差支えなければ、どなたか星にまつわるお話をしてくださいませ」

「……」

男たちは目を見合わせた。二人に顎でしゃくられ、クラースが考え込む。

「……たくさんの星がまとめて流れるのは、昔からある現象だ。古い記録にも残っている」

クラースの腕が伸び、長い指が天を辿って動く。

「――昔、ある国。そこではこうして星が落ちるとき、人々は大いに慌てた。怯え、震え、おののいた。『こんなに落ちてしまったら、空から星がなくなってしまう』と」

皆、星を見ている。

「喪失のしるし、不吉の前兆だと恐れた。きっとその年は大きな飢えと渇きが、恐ろしい病の流行が、大厄災が起きると怯えた。食べ物を自分の家に隠れて溜め込み、なるべく外に出ず、隣人同士で疑心暗鬼になった。盗み、略奪、争いごとが増え、おかしな信仰が広がった。そして新年を迎えて彼らは言う。『去年はひどい年だった。やっぱり星降る年はこうなる』」

クラースの静かな声が、夜に溶けている。

「別の国。この国は星を神として信仰していた。小さな子どもに至るまで国民皆が常に星を数え、星で神の絵を描いた。星が降る年、人々は歓喜した。彼らは知っていたんだ。星が落ちたあとでも、星の形が、数が、何一つ変わってはいないということを。だから彼らは空にいっとき星の数が増えるこの現象をこう考えた。『星神様からの、地への祝福である』と」

オリヴィアは星を見る。瞬きながら、星も皆を見ている。

「今年は素晴らしい祝福のあったいい年だと、皆が喜んだ。祭りを開き、喜び歌った。笑顔が増え、気前が良くなり、それによって生まれた余裕のぶん人に優しくなった。そうして新年を迎えて彼らは言う。『去年は素晴らしい年だった。やっぱり星降る年はこうなる』」

大人たちは静かに、物語を噛み締めている。

起きることが同じでも、とらえ方、考え方によって起こることが真逆になるというお話。

だがオリヴィアは思う。星の降らない年は、逆に前者の国の人のほうが幸せだったのではないだろうかと。

幸福と不幸は正反対に見えて、実は表裏一体。いつだってぱたん、ぱたんと、あっという間に裏返る。ただほんの少しのきっかけで。

「あ」

「え？」

「動いた」

クラースの指が天を指す。

「気のせ……うん、動きましたね」

「おお」

「……」

降り落ちる星の光を浴びる。

オリヴィアは、穏やかに微笑みながら光の中に浮かぶ優しい人たちの顔をそっと見る。この美しい光景を、吸い込む最後の夏のにおいを、胸に刻む。

いい大人たちが寝転がって星を見ている。なんておかしな光景だろう。楽しい。面白い。オリヴィアは微笑む。

オリヴィアは笑っていようと思う。表の面が幸福であるうちは。その面にいられるありがたさを噛み締めて。

クラースはと見れば、彼は星ではなくオリヴィアをじっと見ていた。彼は何をしにここにいるのかしらと思いながら、オリヴィアはくすりと笑う。

「素敵なお話をありがとう、クラース。星がとてもきれいね」

「ああ。……きらきらしていて、眩しい。……とてもきれいだ」

降り落ちる光に照らされながら、オールステットの屋敷の人たちは一人以外、空を見上げている。

四章

晩夏

かくれんぼと黒猫

Ms.Olivia
dies when she is loved.

同じ夏でも一日、一日ごとに、ほんの少しずつ日差しの強さと、夕暮れの空気の香りが変わる。

庭では順調に伸びていたいくつかの、夏の終わりに咲くはずの花が枯れてしまった。

かわいいつぼみがいくつもついていたのに、とオリヴィアは悲しくなり、植えてしまったことに対し申し訳なさを覚える。

手を土だらけにして、枯れたものをそっと抜いていく。力なく横たわるつぼみの付いた花。なんだか少し先の自分を見ているようだった。

視線を感じ振り向く。さっと誰かが物陰に隠れた。

オリヴィアはそこにそろり、そろりと歩み寄り、ぱっと覗き込んだ。

「かくれんぼですの？　クラース」

「……君が悲しんでいるんじゃないかと思って」

「ありがとうございます」

「ヨーゼフが、君の手入れは素晴らしいと言っていた。君のせいじゃないよオリヴィア」

「ありがとうございます」

庭のベンチに、恐る恐るといった様子でクラースがハンカチを敷いた。きっとコニーさんに聞いたのだわと思いながら、オリヴィアはありがたくそこに座った。

「君に、不得手はないのかい？」

「……」

終わりかけの夏の光はまだ眩しい。

この光を浴びられるのは今年で最後なのだと思いながらそれを浴び、終わりゆく夏の香りを吸い込む。

ちかちかと、懐かしい記憶が頭をよぎった。あのときの心細さと、笑い声とともに。

「……かくれんぼ」

「え？」

「かくれんぼの隠れるのが下手でした。すぐに見つかってしまって」

「君が？」

「ええ。近くにハンカチを落としていたり、髪の毛が見えていたり」

「君が？」

「ええ。……だって、見つけてほしかったから」

子煩悩な父は、忙しい日々の合間に、よく子どもたちの相手をしてくれた。

いつもドキドキしながら隠れた。見つけてもらえるか、不安でしかたなくて。

「弟と妹が先に見つかったら、きっとそのまま三人でどこかに行ってしまう気がしたから。さあ家族はこれで揃った。みんなでご飯にしようって」

「……オリヴィア」

「はい」

「今日の服は安い」

「本当かしら」

クラースの胸に、オリヴィアはこつんと頭をつける。

落ちた涙がそこに染みる。今日も言葉はなく、そっと大きな手が、オリヴィアを守る。

「……お父様は、きっと気づいていたよ、オリヴィア」

「……そうかしら」

「うん。見つけられた君が、自分を見て安心した顔で笑うのが好きだったと思う。君はきっとずっと、大人びた子だったんだろう」

「……」

「いつもどんなことでも頑張って、笑いながら我慢するのが得意で、弟や妹に優しいお姉さんだっただろう。きっと」

「……」

顔を上げ、クラースの顔を見る。滲む視界の中で、水色の瞳と視線が重なる。

「クラース」

「はい」

「わたくしを好き?」

「……」

　クラースが眉を寄せ、苦しそうな顔をした。

　肩をそっと離される。

「いいや好きじゃない。少しも、まったく愛していないよオリヴィア」

「そう。……残念」

「好きじゃない」

「悲しい」

「本当だ」

「そう」

「本当だぞカミラ。私は彼女を慰めているだけだ」

「聞いてるかしら」

　手を伸ばし、陽光に透けるきれいな銀色の髪を撫でる。

　優しい人。オリヴィアの、最初で最後の、今だけの夫。

「離れよう。この体勢だとなんだかまずいことが起こる気がする」

「起きてもよろしいのに。夫婦なのだから」

「まずいまずいまずい。断固離れる。ふう危ない」

「寂しいわ」

　笑って立ち上がる。

「おやつに誘いに来てくださったの？」

「ああ。今日は氷菓子だそうだ」

「まあ嬉しい。暑いもの」

「そうだね。私もあれは好きだ」

連れ立って歩く。

こうできるのも、あと三月《みつき》。

枯れ落ちまとめられた花々を振り返って見てから、オリヴィアは歩き出した。


「ん？」

そんな主人の声に、トビアスは手を止め顔を上げた。

「どうしました」

「庭にオリヴィアだ」

「どこにいても見るな」

コニーが片付けの手を止めず、後ろのクラースを見返しもせずに呟く。

すさまじいほどの集中力を一度も切らすことなく、普通の研究者にやらせたら三日かかるだろうものを午前で一通りを解析し終えたクラースが、珍しく窓の外に気を取られている。いつものことだが、主はいつでも奥様を見ている。

窓に立つクラースの横に、トビアスは歩み寄った。コニーも手元を片付け終えクラースの横に立ち、カーテンを手で押さえ覗き込む。

「門の外を見てる？」

「……外に、出たいのだろうか」

クラースが沈んだ声で言った。奥様には悪いが、門には錠がかけてある。あのお方に限ってそれはないだろうとは信じたいものだが、ここまでやって逃げられるわけにはいかない。

こほんとトビアスは咳をした。

「外に何か、気になるものでもあるんでしょう」

「猫ですよ」

「猫？」

トビアスは言ったコニーを見た。テーブルに片手をついて寄りかかり、茶の短い髪を揺らして、若い使用人はそっと微笑んだ。

「少し前に住み着いたのがいまして。私も猫好きだから気になってちょくちょく見てました。白い母猫と白い子猫が二匹、黒い子猫が一匹。ねぐらをうちの門の前にしたみたいで結構見かけたんですが、最近黒いの一匹になってしまってまして。それが気になるんでしょう」

「彼女は優しいからな」

クラースがますます悲愴な顔をしている。こほんとまたトビアスは咳をした。

「一応言っておきますが、オールステットで動物は飼えませんぞ」

「……わかっている」

厳めしい顔でこんなことを言っているが、トビアスは動物が嫌いではない。むしろ好きである。特に犬。

彼らは人間の良きパートナーだ。賢く、忠実で、まっすぐ健気に人を愛する。行きつけの理髪店にいる賢い犬を撫でるのが楽しみで、ちょくちょく通ってしまっているトビアスの髪に乱れはない。だが彼らと人間の理は違う。彼らには楽しい遊びであっても、万が一この屋敷の蔵書を噛みちぎられたらたまらない。オールステットの書庫に、代えの利く書などない。

「どんなに飼いたくても、今の状況で飼いたいとおっしゃる方ではないでしょう」

コニーが言う。そうだろうとトビアスも思う。

賢い人だ。十七歳のご令嬢とはとうてい思えない。

あの諦めにも似た達観はどこからくるのだろうと不思議に思う。だが理由を探ろうとは思わない。彼女をより深く知ればきっと『後味』は、全ての者にとってずっと苦くなることくらい容易に察することができる。

己の命の限りを、彼女は静かに受け入れている。よその家に理由あって預かられている立場であることを忘れる方でも、無責任に他の命を迎え入れそれを途中で放り出す方でもないということは、付き合いの短いトビアスにもわかる。

「おっ？」

クラースがそう言って身を乗り出したので、トビアスたちはまた窓の向こうを見た。

奥様が口に両手を当てている。表情は見えない。

やがて立ち上がり、振り向いた。おそらく満面の笑み。そして、目元をぬぐった。

バンと部屋の扉が開いた。奥様の涙を見過ごせる主ではない。彼はまた彼女のハンカチになりに行くのだろう。

「いいことですかね？」

「笑ってらっしゃったから、そうだろう」

二人もゆっくり歩んで外に出た。邪魔をするのも野暮だが、二人とも猫の結末が気になる。

旦那様は今日はハンカチになっていなかった。本物のハンカチの出番のほうが足が速かったと見える。

「猫、どうなりましたか奥様」

問うたコニーを振り向き、奥様はその可愛らしい顔を赤らめ、微笑む。

「男の子がお母さんと一緒に来て、『うちの子になって』と抱いていきました。おりこうにも暴れたり引っかいたりせず、ちゃんと抱かれて」

「おお」

「よかったですなあ」

「はい。優しそうなご家族でした。……一匹だけ黒猫だから、そのせいで猫の家族に置いていかれたのかと、わたくし、心配で」

微笑んでいるのに、ぽろぽろと涙が落ちる。まさに今だろう旦那様と思って彼を見るが、彼はその奥様の顔と流れる美しい涙に見惚れているらしく、息を呑んだように固まり、動かない。そういうところだろうと思う。

「でもよかった。黒猫でももらってくれようという子が飼い主だもの。あの子はきっと、優しい子です」

「黒猫も可哀想ですよね。黒いだけなのに」

コニーが言う。黒猫は不吉だと言われて、よく嫌われる。

「ええ、本当に……。皆様、お仕事のお邪魔をして申し訳ございません。戻ってクラース。お昼にはまだ早い時間だから」

涙をハンカチで押さえ、ゆったりと、美しく彼女は微笑む。

旦那様はそれを、いつだってじっと見ている。

主のその真剣味の増した顔を見て、トビアスはふと、やはり自分は間違ったかもしれないと思った。いや、この肝が冷えるような感じは、今に始まったことではない。最近、薄々思っていたことだ。

　自分たちはやはり、葡萄酒選びを間違ったのかもしれない、という不安。

　このところ主の瞳からは最初にあった、物珍しいものを見る子どものような好奇心が消えつつある。

　ただ、彼女を見ていたい。自らの手で守りたいという、大人の男らしい、愛と呼ぶしかないだろうものがおそらくそこにある。彼女を愛してはならないと、この場で唯一、彼だけが強く思っているにもかかわらず。

　これ以上この思いが進み、さらに深まってしまったなら。それはきっとオールステットに新たな呪いを生み出すことだろう。クラースに残る、故人への永久の愛という深い爪痕。この世の誰にも解くことのできぬ呪い。

　彼女は美しく、優しく、やわらかく愛情深い。トビアスたちはきっと、彼に与える最初の葡萄酒をこの方にしてはいけなかった。

　だがもう遅い。彼女はオールステットに入ってしまった。カミラの呪いに見つけられてしまった。彼女にはできる限り心安らかにお過ごしいただき、なるべく幸せに、少しでも悔いのないよう、オールステットに呪いの傷痕を残さずに死んでいただかねばならない。

　微笑む彼女を背に、男たちは部屋へと戻った。

　誰も何も言わない。静かに、他の何事も考えず、男たちは文字を追っている。

今日もオリヴィアはやっぱり掃除をし、本を読み、庭の手入れをしている。

お仕事で手伝えることがあったら手伝って、食事をクラースたちと共にし、眠り、朝を迎える。

何度かあの鏡の前に立ち、カミラを呼んだ。彼女は答えず、姿を現すこともない。

クラースはもうオリヴィアに慣れたようで、オリヴィアを普通に見る。ちゃんと自分の仕事をできているのかと、オリヴィアは時折不安になる。自分はクラースに、果たして愛されているのだろうか。


軽食の時間。休憩所に向かう途中、食堂にコニーがいた。

「コニーさん」

「はい」

「休憩所には行かないの？」

「この後出ますので、お先にいただきました」

「そう。……聞いてもいいかしら」

「何なりと」

賢そうな深い茶色の目がオリヴィアを正面から見る。

「クラースは、わたくしを愛しているかしら」

不意を突かれたように、コニーが真面目な顔をくしゃっと崩した。困ったように笑いながら、手を額に当てる。

「一体何を聞かれるかと構えたら。……何をおっしゃっているんです、奥様。書のことを取っ払えば、旦那様の頭の中はあなた様のことばかりですよ」

「本当に？」

「ええ」

ふっと優しく、コニーが笑った。

「旦那様を愛してくださっているのですね、奥様」

「ええ。それが仕事だもの」

「……」

「なあに？」

じっと見つめられる。

「『愛してる』と、旦那様におっしゃらなくなりましたね」

「……」

「大切な真実ほど秘めたくなる。嘘ならばいくらでも口に出せるのに。人間って不思議だ」

「どうかしら」

「旦那様だってあなた様に『可愛い』と言わなくなった。もうその段階じゃないんでしょう。自信をお持ちください」

「愛されて死ぬ自信を」

「ええ」

ふっと互いに笑った。

「お願いします」

「承知いたしました」

そうして別れた。


軽食を食べる場所に行けば、クラースがいた。

休憩時間なのに休憩せず、じっと手元の紙を見ている。

「何かありまして？」

「ああオリヴィア。見てごらん」

彼の肩越しに手元の紙を覗き込む。

「ホ……メロ、ス？」

「ああ。ホメロス神話の新しい話が発見されたと話題になったのだけど、贋作だった」

オリヴィアは驚き、クラースの水色の瞳を見つめた。

「そんなことまでおわかりになりますの？」

オリヴィアをじっと見たのち、クラースの目はまた古びた紙に落とされ、その上の文字を見つめた。

「比喩表現が強すぎるのと、どの章につながる話なのかがわからない。研究所ではお手上げだからと回ってきたのだけど、まず文章が違う」

そっとクラースの指が文字をなぞる。その文字の奥にある何かを悼むように。

「後の世に、似せて作られたものだ。贋作や、すでにある何かを真似て書いたものの文章は硬く、遊びがない。本来の姿を殺し無理やり何かに似せているから、どことなく不自然で息苦しい。決定的なのはあの時代にはなかった単語が使われていることだったけれど、一行目からなんとなくわかったよ」

横顔が悲しそうだ。

「これの作者だって、自分の筆でここまで真に近いものが書けたのに。理由があってやったことだろうけれど、作者本来の力で、自分の描きたい物語を書いたなら、どんなものができたのだろうと思わざるを得ない。もったいないないな」

「……」

ふとクラースが顔を上げた。

「悪いことを言ったかい？」

「……」

オリヴィアは微笑んだ。

「いいえ。……真実だと思うわ」

「……今日はいつもの服だよ」

「泣いていません」

軽食を食べ、別れた。

そっと二階、カミラの部屋に進む。

鏡。ふっと見れば、彼女がいた。

悲しそうな、同情するような目でオリヴィアを見ている。

「お久しぶり」

鏡は何も語らない。

小さなメロディ。『永久』。

「この歌が好きなの？」

風が吹く。瞬きをしたら、いつもの鏡に戻っていた。

「カミラ」

やはり彼女は、語らない。

なんだか無性に外の空気が吸いたくなり、オリヴィアはそっと屋敷を出た。

なんとなく裏に向かう。薪が積んであり、何かを焼くところがあるのだろう。煙の残り香がする。

ヨーゼフが薪の前、丸太を切っただけの椅子に腰掛け小さな刀を操って、手元で何かをしている。

「こんにちは」

ゆっくりと彼は顔を上げた。

「ああ、奥様」

「お差支えなければ、お手元を拝見してもよろしいですか？」

「わざわざ奥様がご覧になるようなことはしとりませんよ」

それでも否やはないらしい。オリヴィアは歩み寄った。

「……素敵」

小さな石の鹿が、石の台の上に足を折って座っている。

角の細工がお見事。今にも立ち上がり、ぴょんと跳ね出しそうだ。

賢そうな目。つぶらなそれがじっと可愛らしく、こちらを見つめている。

「……何かをじっと、同じ場所で待たにゃならんときもありますからな。おいぼれの、時間つぶしの手遊びでございます」

「とても素敵だと思います。本当に。今にも動き出しそう」

「……もったいないお言葉でございます」

ヨーゼフはまた手を動かし始めた。節々が太くなった、荒々しい、働く人の手。それが優しく、粉まみれになって繊細に動いている。

それ以上彼から言葉はない。邪魔をするのはいけないと思い、オリヴィアはヨーゼフに挨拶をしてそこを離れた。

夏の終わりの午後に、何か忘れ物をしたような物寂しさを感じるのはオリヴィアだけだろうか。

何をするでもなくオリヴィアは、オールステットの庭を歩いている。


オールステットの屋敷の中で日が過ぎる。穏やかに。容赦なく。

日が落ちるのが、随分早くなった。夜になると、少し肌寒い。

今日のお掃除ははかどったわと自分を褒めながら、その日のオリヴィアは廊下を歩み、ノックをしてから休憩所の扉を開けた。

「きゃっ」

「うん？　どうしたオリヴィア」

思わずそんな悲鳴を上げてしまった。男性陣がそんなオリヴィアに驚いて、それぞれの顔を上げる。

目のところに妙な金属の筒のようなものを固定した、なんとなく目が飛び出したように見える、皆の面白い顔を。

「……それは……眼鏡ですの？」

「ああ、外すのを忘れていた。拡大鏡だよ」

言いながらクラースがそれを外す。目の周りに丸の跡がある。残念ながら外しても面白い。

「ずっとつけておりましたのでつけているのを忘れておりましたな」

「お互いのこの顔にも見慣れちゃって、違和感がありませんでした」

「きっと、ないわけがないと思うのだけれど……。今は何か、小さなものをご覧になってるの？」

「ああ。海外のスパイ集団が発行していた、当時の広告の体を取ったもの。どこかに全国の仲間に向けた秘密の情報が隠されているはずだと言われていたこれの女性のドレスに、当時のあまり主流でなかった古語の鏡文字があった。手分けして拾っているところだ」

「ああ目が痛い。後半戦、私は脱落してもいいですか旦那様」

「ただでさえ普段から酷使していますからね。あと三割ですから、残りは私と手分けしましょう旦那様」

「ああ。すまなかったねトビアス。気が付かなくて」

トビアスが眉間を揉んでいる。

「まあ、それでも一度見始めるとつい見てしまう私も悪いのです。私は出てきた文字の並べ替えをしますのでそれぞれのメモをください」

「ああわかった」

「気持ちはわかりますよ。一回探し始めると、もう絶対全部見つけてやるって思っちゃいますよね」

目の周りに丸を付けて男たちが笑う。今日も彼らは楽しそうに、字と遊んでいる。

お手洗いにでも向かうのだろう。コニーが部屋を出た。オリヴィアは追いかけて廊下に出る。

「コニーさん」

「はい？」

コニーが足を止め、こちらを見た。何度見ても目の周りの丸が面白い。

「カミラの部屋をお掃除したいのですが、よろしいでしょうか」

「……」

コニーがオリヴィアの真意を探るように見ている。

「やはり閉じっぱなしは良くないと思います。それに、呪いを恐れて塞いでいるならば本末転倒でございましょう。わたくしは呪われるためにここにいるのですから」

「……そうですね。でも大丈夫ですか。ねずみの巣があるかもしれませんよ」

「それでしたらなおのこと。紙をかじられたら大変ではございませんか」

「勇気がおありですね。……わかりました。部屋に戻っていてください。鍵を持ってきますから」

「ありがとう」

部屋に戻る。それぞれティーカップを傾け、丸の付いた目でメモを並べ替えている。クラースが顔を上げてオリヴィアを見た。

「何かコニーに用事だったのかい？」

「ええ、掃除のことで少し確認が。今日のおやつはなあに？」

「ええと……そういえば私は何を食べているんだ？」

クラースがもぐもぐしながらきょとんとした。

「ジェフリーさんに失礼ですよ。いったんお仕事は置いて、休憩のときは休憩いたしましょう。遠くでも見て、目を休めながら」

「そうですな。目は大事にしませんと」

「遠くを見ると目にいいのかい？」

「そう聞いております。読書のときはときどきそうやって目を大事にしてあげなさいと」

「そうか。やってみよう」

クラースとトビアスが窓の外を見ているところに、コニーが帰って来た。

「何してるんですあの二人は」

「目を休めています。コニーさんもなさって」

「なんか初めて馬車に乗った子どもみたいですね。あそこに並びたくないなあ」

言いながらこっそりと鍵を渡された。目を合わせて頷き受け取り、そっとしまう。

おやつはフルーツたっぷりのクレープだった。小さめで、中のものが違うからいくらでも食べたくなる。きっと考え事をしながら食べる男たちが手を溢れたものでどろどろにしないようにという配慮だろう。作るのに相当手間がかかったことだろうと思う。

これを食べておいてよくも『何を食べているんだ？』なんて言えるものだ。あとでクラースに苦言を呈さなくてはと思いながら、味の違いを噛み締めながら幸せに食べる。

皆が食べ終わった頃合いでジェフリーが皿を下げに来た。オリヴィアは彼を見た。

「美味しかったです。少し酸味の効いた赤いソースが入ったのが一番に好きでした。どれも甘すぎず、素材の味がそのまま残っていて、本当にみんな、ひとつひとつが美味しかったです」

「嬉しいね。奥様だけですよ、そんなこと言ってくださるのは」

甘く笑い、彼は片目を閉じる。

当然その周りに丸はない。みんなあるからないオリヴィアがおかしいような気さえしつつあったが、やっぱりないのが当たり前なのである。

ジェフリーが去り、オリヴィアも部屋を後にした。

掃除道具を持ってカミラの部屋に向かう。二階の鏡の前を通る際足を止めたが、今日も彼女は現れなかった。

鍵を鍵穴に差し込み、回す。

引っかかることなくそれは回り、扉は開かれた。

そこに浮かぶ美しい光景に息を呑んだ。入って正面が、ステンドグラスになっている。赤の薔薇がそこに、何年経とうと枯れることなく美しく咲いている。

きらきらきらきらと日の光を通し、殺風景な部屋に漂う埃を輝かせる。

毎朝、毎晩、太陽と月の明かりを通しながらカミラはこれを見た。

カミラの呪いを、これは見ていた。いつだって枯れることなく、そこに流れる、己と同じ赤色を見ていた。

こんこんとノックの音がして、飛び上がってしまった。しばしオリヴィアは、カミラの世界に飛んでいたらしい。

「はい」

「トビアスでございます。開けてもよろしいですか」

「どうぞ」

トビアスが入ってきて、舞い上がる埃に眉を寄せ鼻をハンカチで覆った。

「奥様。この部屋の掃除など無用でございますよ」

「屋敷の一角に埃だらけの部屋があるというのも嫌なものです。やらせてくださいませ」

「……」

トビアスがじっと、オリヴィアが見ていた薔薇を見る。昔を思い出すかのように、遠くを見る顔で。

「……カミラがこの屋敷に入る前にアードルフ様がしつらえさせたものです。今度お入りになる奥様は薔薇が好きと聞いたものですから、事前に。当時有名だった、腕のいい職人の手によるものですよ」

「ええ。素晴らしいわ」

「……」

忌々しいもののようにその薔薇から目を逸らし、トビアスは踵を返す。

「わかりました。奥様のお好きになさってください。ヨーゼフに、今日は早めに湯を入れるよう言っておきます」

「助かります。さすがにこの部屋を出たままでは夕飯には行かれませんもの」

「はい」

トビアスは去った。

オリヴィアも口と鼻の周りをハンカチで覆い、窓を開ける。

何十年ぶりかの冷たい風がカミラの部屋に入る。何の家具も置いていないがらんどうの部屋。

それを見ながらふと、この部屋に文字が隠してあればよかったのにとオリヴィアは思った。

そうしたら男たちももっと、ここを探したかもしれない。拡大鏡をつけて、何一つ見逃さないように真剣に見つめて。

埒もない考えを捨て、オリヴィアは腕まくりをした。

さてどの順番で片づければ、ここは元通りのピカピカになるのかしらと、頭を働かせながら。

五章

秋
焼き栗とオールステットの男たち

Ms.Olivia
dies when she is loved.

秋になった。

オリヴィアはまた中庭の手入れをしている。やはり枯れてしまった秋に咲くはずだった花を、まとめている。

乾いたような、実りの香りがする。どこかでリスが、ほっぺたと巣にどんぐりをいっぱいにため込んでいることだろう。

「おはようございます」

「おはようございます、ヨーゼフさん」

「……新しい苗を植えますか」

「いいえ。もう新しいのはやめにいたします。……あとひと月、ふた月のことですし」

「……」

ふと顔を上げた。屋敷の一角に、誰かの影がある。

その背の高さ、動きを見てくすりと笑う。

「クラースね」

「ええ、あそこはオールステット家、主の部屋なのでございます」

「……」

はっとオリヴィアは顔を上げた。

花が好きだったカミラ。

よく中庭で、手入れをしていたカミラ。

ここからは、夫の部屋が、よく見える。

「……本当に好きだったのは」

「……」

好きだったのは。カミラがここで本当に見ていたかったのは、何の姿だったのか。


やがて三人の紳士たちが、正装して現れた。

「オリヴィア。今日は戻りが夜になると思う。心細いと思うけど、何かあったらすぐにジェフリーやヨーゼフに言うのだよ」

「はい。お気をつけて行ってらっしゃいませ」

「ああ。薔薇の棘に気を付けて」

「もうあんなヘマはいたしませんわ」

あのあと買ってもらった分厚い革の手袋をした手を、オリヴィアは笑いながら握って開いてみせる。クラースが眩しそうな顔で微笑んだ。

「では」

「お帰りをお待ちしております」

馬車を見送る。ヨーゼフは静かに、薪を持って裏口に消えていった。

しばし無心で手を動かした。

そろそろお掃除に、と思ったところで、門の前に誰かが立っていることに気が付いた。

ご婦人である。四十代の前半か。抑えたように地味な色合いだが、どれも質のいい服を身に纏っている。

「もし」

「……」

女が顔を上げ、オリヴィアを見た。

奥深い深い茶の目。派手ではないが整った、賢そうな顔。

誰かに似ている、と思ってから気づく。似ているどころじゃない。コニーにそっくりだ。

「クラース＝オールステットの妻、オリヴィアでございます」

オリヴィアは丁寧にお辞儀をした。女が目を見開き、まじまじとオリヴィアを見る。

「こんな恰好で申し訳ございません。また、門を開ける権限がございませんことをお許しくださ い」

「……籠の鳥というわけかしら」

「望んで籠に入った鳥でございます」

黒い金属の門とオリヴィアを見て痛ましそうにわずかに眉を寄せたあと、すぐにそれを表情から消し、彼女は冷静な顔に戻った。

理性的で心を隠すのに慣れた人。だが、冷たい人ではないと、オリヴィアは判断する。

「こちらでお世話になっております、コニー＝アンドリューの姉アマンダでございます。弟は中におりますかしら」

「あいにく外出中でございます。申し訳ございません」

「そう……」

嘘ではないか、とオリヴィアを探っている。オリヴィアは微笑みを崩さない。

化かし合いに慣れた人は、相手に作りものの皮があればすぐに気づく。この人もまたクラースとは反対側、オリヴィアと同じ側の人間だ。

「弟は、こちらではいかがでございますか」

「いかが、とおっしゃいますと」

「……楽しくやっておりますでしょうか」

「わたくしには、そのように見えますわ」

「……」

そっと、その茶の目が屋敷を見た。

『呪われのオールステット』。それでもその名は地に落ちてはおりません。常に天才を生む、格式高きオールステットの中で、あの子は苦しんではおりませんでしょうか。己の極めたい道で、常に自分よりも優れた者が横にいるというのはとても苦しいものです。あれでもあの子は研究所にいたとき、天才と呼ばれたこともあったのですよ」

「……」

「わたくしの夫は研究所の役員でございます。あの子が望むならばいつだって帰せるというのに、あの子は首を縦に振りません。何か、意地になっているのではと、ときどきこうして様子を見に来るのですが、最近はもう顔を見せもいたしませんの。いい歳をして、姉が、出しゃばることではないとは承知しております」

相手がどうせ死ぬ女だから、この人は今本心を語っている。歳の離れた姉弟。この方は、弟を愛しているのだ。

「……わたくしの意見ではございますが」

「はい」

「わたくしはコニー様に、このお屋敷にいていただきたいと思っております」

「……」

「我が夫クラースは、コニー様を助手として、友人として、非常に頼りにしております。おそらくコニー様がいらっしゃらなかったら、正しい順番で仕事をすることもできず、食べるべきものもまともに食べず、服さえも選べません。天才的と言われるところがあったとしても、お恥ずかしながら子どものようなところも、多く残す者でございますゆえ」

「そこは奥様が……」

言いかけ、飲み込んだ。そう、オリヴィアは十二月に死ぬ。

オリヴィアは微笑んだ。

「本当に、お二人は仲良しでございますのよ。ときどきわたくし、嫉妬することさえございます。彼らの間には長年培った絆と、信頼と、尊敬がありますわ。互いのできること、できないことを認め合い、支え合っておられます。オールステットの名は、きっと今までもこうしてオールステットではないたくさんの方によって支えられたからこそ今にまで続いてきたのでございましょう。コニー様には今日のこと、アマンダ様のお心を、お伝えしてもよろしいでしょうか」

「……また姉さんのお節介か。うんざりだと申しましてよ」

「他人の口から聞くことで、かえって素直に聞けることもございますわ」

「……そうね」

そっといたわるように、その目がオリヴィアを見た。

「あなたとゆっくりお茶がしてみたかった。きっと下にご兄弟がおありね」

「はい。まだ小さい天使が二人」

「あの子も昔は天使だったわ」

「そうでしょう」

女たちは笑い合った。

秋の香りを背に、淑女は去っていった。

門の前、オリヴィアは立ち尽くしてその背中を見守っている。


後日、姉の訪問と、その真意を伝えると、コニーは手のひらで顔を覆った。

「恥ずかしいなあもう。姉の中で私は、いつまで洟垂れ小僧のままなんですかね」

「ずっとです。コニーさん」

オリヴィアは微笑む。

「ずっと。もう大人になったのだと言いたいならば言わなくては伝わりません。お姉さまがこわいからと言って逃げ回っているうちは、あなた様はいつまでも立派な洟垂れ小僧のままですわ」

ふっとコニーが笑った。

「世間知の違いかな。奥様はときどき、年上の女性のようになりますね」

「あら失礼な。耳年増なだけの、花の十七歳でございます」

茶を飲み、コニーは諦めたように微笑む。

「ひさびさに話してみようか。そんな気になりましたよ。いつまでも洟を垂らしていると思われるのも癪だ」

「きっとお喜びになりますわ」

大人になった弟の口からその真意を聞けたならば、あの人は無理やりにそれを歪めようとはしないだろう。

彼女はただ、心配しているだけ。弟が籠の中で苦しんでいるならば、その扉を開けてやりたいだけなのだ。

「……秋ですね」

「ええ、もうすぐ冬」

「……」

窓を枯葉の混ざる風が叩く。

時が、静かに移ろっていく。


今日も、オリヴィアは休憩所に向かった。お掃除とお庭のことが午前中に終わったので、今日の午後はのんびりと本の続きを読むつもりでいる。

「あら？」

休憩所の扉を開けると、クラースが一人でぽつんと座っていた。トビアス、コニーの姿が見当たらない。きょろきょろと見回しながらクラースに歩み寄る。

「お二人は？」

クラースが顔を上げ、オリヴィアを認めた。

「ああ、オリヴィア。今日は仕事が午前に終わって、それをトビアスが出しにいっている。コニーは何か用事があるみたいで、さっき出て行ったよ」

「そう」

そっと隣に腰掛ける。彼の目がオリヴィアを映し、その手がしおりを挟み、本を閉じた。

その装丁に見覚えがある。『エルドガルド家の人々』。オリヴィアが外の世界にいたころまでで知る限り、新しい、話題の本だ。

切り口が斬新であると話題を呼ぶとともに、あまりにも伝統の作法を無視しすぎ、内容が情緒的すぎると、世間の評価が見事に真っ二つになった問題作。

作中の衣装と色、季節の描写が秀逸だった。香りや、女性の複雑な心理の揺れの細やかさも。なにより全体に流れるやわらかく優しい雰囲気が、オリヴィアは好きだ。

「新作も読まれるのですね」

「うん。言葉というものは常に変化するからね。現代語に訳す以上、古いものだけを見ているわけにはいかない。かつては正しくないとされていた文法だって、大多数の人がその意味で用いるようになればそれが正しい文法になる。もちろんそれには長い年月が必要だけれど」

目を輝かせるクラースに、オリヴィアは微笑む。

「それにしても、お仕事でも文字、休憩でも文字ですのね」

「うん。私は文字が好きだからね」

そっとクラースの指が本の表面を撫でる。

「私はこれを、女性が書いたものだと思う。書き出しの一文でそう思った」

「……」

作家といえば男性だと、これまでオリヴィアは思っていた。現にこの本も作家名は男性名だ。

だがそう言われれば驚くほどにしっくりと来た。これはきっと、女性の目を通し、紙の上に物語を映している。

クラースが、驚いているオリヴィアを見て笑う。

「他にも幾人か、そう思う作家がいるよ。私は早く堂々と、女性も自分の名前で物語を書ける日が来るといいなと思う。男だからどうだとか、女だからどうだというわけではない。今は男にしか許されてないことが女性にも許されれば、単純に書く人が増え、世界に出る物語の数が増えるだろう。これまでになかったそれらはきっと互いを刺激し合い、さらなる多種多様な目線、思ってもみなかった切り口で、物語は紡がれ始める。そんな世界になったらと、考えるだけで楽しみだ」

微笑む人を、オリヴィアは見返す。その顔を見て声を聞いているだけで、彼の抑えきれない楽しさが伝わる。彼は文字を、心から愛している。

ノックの音がした。どうぞと答えれば扉が開き、ジェフリーがトレイを持って入室する。

「今日は野暮なお邪魔虫たちがいないと聞きましたので、うんと甘めにしておきましたよ旦那様、奥様」

ぱちんと飛んできたウインクを受け止める。

しっとりと焼かれたチョコレート色の焼き菓子。頭に雪のような白い粉がかかり、傍らに白いクリームと小さなベリーが添えてある。

ふわんと香る濃厚で甘い香り。それだけでもうとろんとほっぺたを溶かされてしまいそうだ。

お茶を入れ、ジェフリーが去る。顔を見合わせフォークを取る。

フォークを差し入れたら、とろりととろけた中のものが甘い香りとともにお皿に広がった。生地が温かい。真ん中以外固めの生地とそれを絡めて食べる。口に運べば最高に幸せな気分になる、濃厚な甘味、美味しさ。

「美味しいですね」

「ああ、美味しい」

お茶に甘味はない。むしろさっぱりとして、もう一口行きたくなる。こういうところでしっかりとバランスを取るのがジェフリーだ。

口の中のものを噛み締めながら、うっとりとオリヴィアは目を閉じた。

「美味しいものって、どうしてこんなに気持ちを幸せにしてくれるのかしら」

「……幸せかい？」

「はい、とっても」

オリヴィアが思わず満面の笑みで見上げた先で、クラースが何か、不思議な顔をしていた。

「どうしたの？」

「いや、なんでもない。オリヴィアはこのあとどうするんだい？」

「わたくしも本を読もうと思っておりました。ところでお屋敷中をお掃除していて気づいたのですが、南の使っていないゲストルーム、この時間になるとお日様がたっぷりと当たって、何もしなくともぽかぽかと暖かいのです。ソファにふかふかのクッションをたくさん並べて、はしたなくそこに埋まりながらのびのびと読書ができたらどんなに幸せかと思っておったのですが、クラースはこの考えについてどう思われます？」

「ソファに寝転んで？」

「はい。とてもだらしなく」

「君と同じ部屋で？」

「ええ。同じソファでもかまいませんわ」

「いやまずいソファは分けよう。……とてもいい考えだと思うよ、オリヴィア」

クラースがそう言ってくれたのでオリヴィアは微笑む。なんと贅沢で、だらしのない、楽しいお休みの時間だろうと。

ぽかぽかと微睡むように、同じ部屋で、それぞれに違う物語を追う。顔を上げれば互いの顔が見える場所で。夕飯まで、ゆっくりと。

「……贅沢だね」

「はい。とっても贅沢」

笑いながらこのあとのことを計画し、いっしょに美味しいものを食べる。

ああ、幸せだな、と、オリヴィアは思っている。


コニー＝アンドリューは今、秋の街を歩いている。

馬車に乗るほどの距離でもない。歩いてしまえばこんなにもこの家は近かったのかと、不思議な思いであった。

ドアベルの鎖をつかみ、揺らそうか揺らすまいかとしているところに、がちゃりと扉が開いたのでそちらを見る。

「……」

「……」

「やあ、姉さん。お出かけかな」

「風を通そうと思って開けただけよ。今走って逃げ出さなかったことだけは褒めてあげますコニー。お入りなさい」

「お邪魔します」

帽子を脱ぎながら、コニーは姉の背中に従った。

「義兄さんはお仕事かな」

「当然です。研究所は忙しいの。平日のこんな時間に助手がぶらぶらと街歩きのできる優雅なオールステットとは違って」

「仕事はちゃんとしてきましたよ。あそこは求める普通のレベルが尋常じゃない」

「……」

メイドが入れてくれた茶を飲み、菓子を食べる。ああ、ジェフリーのほうが美味しいなと思ってから、自分はもうオールステットに染まったのだと気付き苦笑する。

姉がコニーを見ている。茶の髪、茶の瞳。いかにもお堅そうなご婦人になったものだ。

「奥様に聞いたの？」

「うん。怖い姉上に向き合わないうちはずっと、コニー＝アンドリューは洟垂れ小僧だそうですよ」

「あら、いいことをおっしゃるわ」

姉が珍しく楽しそうに笑ったのでコニーは意外に思う。

そして、別に意外なことでもなかったなと思い直す。あの方は誰のお眼鏡にもかなう、不思議なお嬢さんであった。

「……あのお方は本当に？」

「ええ。俺も先代や先々代の『呪い』に立ち会ったわけじゃないからなんとなく実感がないけど、先輩の話を聞くに、そうみたいですよ」

「そうと知りながら人の命をお金で買って、まるで悪魔ね。胸は痛まないの」

「……痛まないと思っていましたよ。対価は充分。オールステットのための必要な犠牲だと。割り切れると」

「……」

「……思っていた」

コニーは奥様を思い出す。

空気に敏感、すぐに相手の気持ちを察し、人をいたわることを忘れない。

いつでも微笑んでいて、頭の回転が速く、上品。かといってお堅いわけではなく、ユーモアのセンスもある。

自分たちが声をかけたのが、どうしてあのお方だったのだろうと思う。だがあのお方でなければきっとクラースは女性を愛さず、呪いは解けず、彼女は娼館で言葉にするのもおぞましいひどい目に遭ったうえ、死んだだろう。

めぐり合わせとは何なのだろう。わずかな偶然が重なって、今彼女はオールステットの屋敷に囚われている。

囚われ、愛されている。彼女の主を見る目の優しさを思い出し、コニーは目を閉じた。

「だけどもう引き下がれない。今更あの方を家に帰したって、旦那様が彼女を忘れられるわけがない。どうせ死ぬのなら我々の目の前で、報酬のある形で、彼女の望みどおりにすべきだと思っている。ことを始めた以上、責任をもって最後まで見届けなくては」

「覚悟があるのね」

ふっとコニーは笑った。割り切ったはずで悪魔になりきれない、中途半端な自分をだ。

「諦めと言ってもいい。誰かがやらなくてはいけないことだった」

「そう」

姉がそっとテーブルクロスを直した。

「クラース様はご健勝？」

またコニーは笑った。姉は話題を変えようとしてくれているが、あいにくその質問では話は元に戻ってしまうのだ。

「ええ。楽しそうに、毎日書と、彼女のことばかり見ています」

「……奥様を愛してるのね」

「あれを愛と呼ばないのなら、この世に愛など存在しないと思いますよ」

ふっ、と、子どもを見る目で姉は笑った。

「それはまた大きく出たものね。初めて見る女性に、頭がポーッとなっているだけじゃありませんか」

「最初は確かにそうでした。でも、この半年で、そのポーッが徐々に別のものに変わってしまったようですよ」

いつだって旦那様は、奥様を見ている。

最初のころの少年のような好奇心は消え、最近ではその目に、直視するのも憚られるような切なさが混じっている。

自分が愛したら死ぬ、愛しい人。愛してはならないと思いながらも、彼の中でその心が止まっていないのは、誰の目にも明らかであった。

「彼は彼女を愛しています。怖いほどに。十二月。ことが成った後、旦那様が彼女の後追いをしないかが、最近の我々の最大の心配事ですよ」

コニーは肘をつき、そこに頭を預け額を押さえた。

「やはり葡萄酒は上等すぎた。きっとこれからもうどこの何を飲んだって、クラース様が葡萄酒を美味いと思うことはないだろう」

愛とは何なのだろうとコニーは思う。

どんな英雄でもそれに溺れればとたんに愚かになり、国の王が国を傾け、人が人を呪う。

それは自分の意思で止めようとも止まらず、深まり、人を動かす。

「……愛とはなんです、姉さん」

「探しても見つからない、摑んだと思ったら消えるもの。少なくとも生活に役立つものではないと思うわ」

現実的な意見だなあとコニーは笑う。そう。この人はこういう人だった。

浮かれず騒がず、いつも冷静に世界を見ている。父が死んだときでさえ、この人は涙を見せなかった。

コニーの父はコニーが十歳の頃に死んだ。冬の川に落ちた、事故だと言われたが、あれは自殺だったと思う。

もともと陽気な人ではなかったが、死の直前はもう話しかけることすら憚られる、ピリピリとした空気を身の回りに纏っていた。研究所での派閥争い、出世競争に敗れ、希望とは違う部署に追いやられ、かつての部下が上司になったそうだ。あいつに陥れられた、大きな手柄を横取りされたと憤っていた。

彼が死の直前に訳したものを大人になってから見たが、ああ、やはり父は狂ったのだなと思った。はるか昔にそれを書いた著者への尊敬も言葉への敬意も何も感じられない、自分勝手でいびつな意訳。上下左右の食い合わせの悪い言葉の、がちゃがちゃとしたものの羅列がそこにあった。

そんな父と同じ道に進んだのは何故だろうと思わないでもなかったが、やはりそれが、血というものなのだろう。

研究所に入っても、『あのアンドリューの息子か』と言われるほど、父は有名ではなかった。ほっとしたような、寂しいような気持ちがあった。

姉が研究所の職員と結婚したのにも驚いたが、その後結婚相手である義理の兄が出世したと聞いてさらに驚いた。

これもまた、一つの復讐なのかもしれないと思う。

血統。才能。それに何一つ恵まれなかった男の血を継ぐ子どもたちの、地味で地道な、血への復讐。

あいにくコニーはそれを途中でやめてしまったので気が楽だ。昔の自分はよくもまああんなにギラギラできたものだと感心するほどだ。

「研究所に戻らない？　コニー」

さらりとそう聞かれ、コニーは微笑んだ。

「戻らない。俺はクラース＝オールステットの生み出す言葉をその隣で読んでいたい」

「天才の横にあること、辛くはないの」

ふっとコニーは笑った。やはり、自分は洟垂れ小僧だと思われているなと。

「姉さん」

「はい」

「人の能力には、残念ながらそれぞれ限界がある」

「……」

「俺の行ける、はるか先の道をあの人は行く。俺は荷物持ちとしてその隣を歩く。本来自分では見えなかっただろう景色を見ながら。あの人が落としたものを拾ったり、通った道に印を付けたりしながら。あの人はただ思いのままに歩く。俺はそれにただついていく。この先にいったい何があるのだろうと思いながら、自分では足を踏み入れられなかっただろう場所を歩く。今俺はあそこで、毎日そういう旅をしているんだ」

「それは楽しいのかしら」

「楽しいからやってるんだよ、姉さん。あの人の荷物を持てる男が、いったいこの国に何人いるだろう。俺はそれも一つの、立派な才能だと思っている」

コニーを見つめ、目を外し、姉はティーカップを傾けた。

「そう。わかりました。じゃあ早く身を固めなさい」

「おっと今度はそっちの話か」

「オールステットのお給金はいいんでしょう？　住み込みなんて三十超えてやることではないわ。子どもだって若いうちに作っておかなきゃあとがきついわよ。ところで知り合いのお嬢さんでいい人が」

「じゃあ、お邪魔しました姉さん。ごちそうさま」

外套と帽子を持って、素早くコニーは姉の家を後にした。

秋の空気を吸い込みながら、コニーは笑う。自分は少しばかりかっこよく言いすぎたなと。

姉の前で見栄を張りたくなるところは、やっぱりまだ洟垂れ小僧なのかなと鼻をかく。

香ばしく甘い匂い。屋台で焼き栗を売っている。オールステットの面々の顔を思い浮かべながら、コニーは財布を取り出した。

秋も終わりに近づいた。木々からは実が落ち、葉をなくして裸んぼになってしまった木の枝が、寒そうに風に揺れている。

今日のお昼は外だ。オールステットの面々が、庭に置いた椅子に座っている。

昨日コニーが買ってきてくれた焼き栗を食べていたオリヴィアは、ひさしぶりのその味に思わず頬を熱くしてしまった。

買い食いなんて年頃の娘がはしたないと思いつつ、これだけはやめられなかった。なるべく地味なコートを羽織り深く帽子を被って、こそこそと買いに行ったものだった。

栗に切り込みを入れて焼いただけ。味付けなんかほとんどない、でもほくほくあつあつの美味しいもの。まだ小さかったころ、父と、母に伴われて街を歩いているとき、父が買ってくれた。

広場のベンチ。お外で、お店じゃないところでごはんを食べていいんだと驚き、それを食べるときのいつもよりもほぐれたような母の笑顔が胸に染みついた。熱いと取り落としそうになったものを父が上手にキャッチしてくれて、二人に囲まれ、皮の剝き方を教えてもらった。

口からはふはふと白い湯気を出して、美味しい、美味しいと、言い合うのが楽しかった。どんなに高級で繊細に作られた美味しいお菓子より、もしかしたら一番に、オリヴィアはこれが好きかもしれない。

　思い出し幸せに浸っていたオリヴィアは、じーっと見られていることに気づき顔を上げた。

　クラース、コニー、トビアスが揃ってオリヴィアを見ていた。

『……何か？』

『いえ』

『君がとても幸せそうだったから』

『女性は栗が好きですからな』

　そんなにも顔に出ていたかと、オリヴィアは恥ずかしくなった。

『うちでもやりましょうか？　外用の調理器具がずっと埃被ってるから、もったいないなあと思ってたんです。栗以外もいろいろと焼いて』

　夕飯前の、時間外の飛び込みおやつに、食堂の奥から茶を持って出てきたジェフリーが言った。

『楽しそうですね！　秋ですもの。美味しいものがいっぱいだわ』

『ええ。魚も貝もしっかり太ってきたし。塩で焼くだけのシンプルなのもたまにはいいでしょう』

『……』

　想像しただけで楽しいそれを頭に思い浮かべて、クラースを見た。

『いつもよりお昼休憩が長くなってしまうと思うのだけど……』

『仕事を早くやればいいだけだ何ら問題ない。やってくれジェフリー。すぐやろう』

『いいですよ。明日朝一でいろいろ仕入れてきます』

『コニー、あの長いの明日の午前にやらせるぞ。いつもの半分の時間で済むはずだ』

『わかりましたトビアスさん』

そうして今日、こうなっている。


いいにおいだ。鉄板の上に大きな巻貝、二枚貝。串を立てるところには内臓を抜かれ串刺しにされた魚。庶民的なふりをしてさりげなくパチパチ焼かれているが高級魚だ。

切られて並ぶお肉、ぐつぐつと煮えるスープ。鉄の鍋には、切り込みを入れられて並ぶ栗。白い生地は何だろう。あれを焼いてパンにするのだろうか。もちろん野菜もたっぷり。カラフルな野菜がお肉と交互に串に刺されてじゅうじゅう言っている。

見ているだけでわくわくしてしまう光景。それらに囲まれ忙しく料理する手際のいい料理人をじっと見つめていたら、ぱちんとウインクが飛んできてクラリとする。しまった今日はうっかり真正面から浴びてしまった。

「……」

「できてないったら。これぱっかりは何遍練習してもダメでしたね旦那様。諦めましょう」

皆暖かく着込んで、おなかに沁みるいいにおいを嗅ぎながらのんびりしている。

「そろそろいいですよ。ちょっと俺はここを動けませんので、ご面倒ですがめいめいお皿を持って、お好きなのをどうぞ」

薪を持ったヨーゼフが現れた。

「ヨーゼフもやらないか？」

クラースが彼に聞く。ヨーゼフが足を止め、ぺこりと頭を下げる。

「いえ、まだ仕事がございます。余ったのを頂きますので、どうぞお気遣いなく。もったいなくもお声をかけていただきありがとうございました」

そう言って去った。彼はあまり人と過ごすのが好きではないのかもしれない。何に楽しみを見いだすかは人それぞれ。そしてそれは誰かに押し付けるものではない。

使用人に誘いを断られたら普通主人は気を悪くしそうなものだが、クラースは気にした様子もない。オリヴィアを見ている。

「何にするんだい？」

「迷っているの。貝は食べたいし、お魚も食べたいし、あの串も気になるわ。もちろん栗もいただきます。大変、ウエストがはじけてしまったらどうしましょう」

「今こんなに細いんだ。少々食べすぎたって多少太くなるくらいだろう。気にするようなことではないよ」

「ありがとう。じゃあ張り切って多少太くなりましょう」

きっともう少しましな言い方があるわと、オリヴィアは笑いながら皿を取り、食べたいものをのせていく。若い男性陣は意外ともりもりと肉を食べ、トビアスは魚介と野菜中心。魚の、火にあぶられたところがこんがりしてカリカリ。外側についた強めの塩のうまみが沁みる。貝からはスープのごとく美味しい味が溢れ出て、焼いた野菜は香ばしく、お肉はやわらかくてジューシー。

白い生地は薄く延ばして焼かれ、それに野菜と焼いた鶏肉をほぐしたもの、ソースをかけて巻いてくれた。

「これは初めて作りました。お味を見ていただけますか？」

ジェフリーから一口大に切ったものを串に刺して渡されたので、その場で一口。

さくさくの葉物野菜が香ばしい香りの肉の熱でわずかにしんなりし、そこにわずかに酸味のあるクリーミーなソースが染み込んだのを、何一つこぼさないよう薄焼きの生地が抱き締めている。こんなものはもちろん。

「美味しい！」

「それはよかった。別の肉には別のソースを用意していますんで言ってください」

「……」

オリヴィアは同時並行に、忙しく料理をする料理人をじっと見た。

「なんです？　奥様。視線が熱くて嬉しいですよ」

「……ありがとう、ジェフリーさん。わたくしの突然の子どものようなわがままに、こんなに手間をかけてくださって」

「料理に手間をかけるのが仕事です。料理人ですから」

「ええ。とっても腕利きの。本当にいつも、細やかに気を配ってくださった美味しいものを、ありがとうございます」

「光栄です」

ジェフリーはわずかに止めていた手を動かし始めた。お仕事の邪魔をしてはいけないと、オリヴィアはそこを離れ、空の下で美味しく、数々の美味しいものを食べた。

隣に皿を持ったクラースが戻り、オリヴィアを見る。

「楽しいかい、オリヴィア」

「ええ、とっても。わがままを叶えてくれて、ありがとうクラース」

「いいや。君にはもっと、自分のわがままを言ってほしい」

「わかりました。じゃあ今夜寝室に来て、クラース」

「それは受けかねる」

「もう受けちゃえよ」

皿を持ったコニーが言いながら座る。

間もなく冬。オールステットの庭で、楽しい食事が続いている。

午後の庭。

枯れ、青いものがほとんどなくなってしまった土に、オリヴィアはじっとしゃがんでいる。

次々に枯れていった中、まだ辛うじて生きてくれている冬の花の葉っぱを撫でる。

ぽつんと冷たいものを首に感じ、オリヴィアは顔を上げた。いつの間に雲がかかったのだろう。

雨だ。

シャベルやジョウロを片づけなくてはと焦っているオリヴィアの上に影がかかった。

「クラース？」

見上げれば、クラースがジャケットを脱ぎオリヴィアの上にかざしている。

銀の髪に雨粒が落ち、きらと光った。

「こんな寒い日に濡れたら風邪をひいてしまう。オリヴィア」

「それではクラースが濡れてしまうではありませんか」

「そんなことはかまわない」

「わたくしはかまいます」

「うん、そうか」

少し考え、クラースは自分の頭の上にジャケットをかざし直し、オリヴィアに触れない程度にかぶさるような形で中腰になった。

「これなら大丈夫」

「もっとくっつかないと濡れますよ。道具をまとめましたので、屋根の下に参りましょう」

「わかった」

足並みを揃えないとどちらかが出てしまう。

「一、二、一、二」

「一でどちらだい？」

「右足でお願いします。歩幅は狭くしてくださいな」

「わかった」

簡単に思えて案外うまくいかないものだ。やってるうちに妙に楽しくなってしまって、オリヴィアは声を上げて笑った。

笑いはクラースにもうつった。少年のような顔で彼は笑う。

ようやく屋根の下に避難したところで、布を持ったトビアスにそれを差し出された。

「ひゅーひゅーお熱いね」

開けた窓から身を乗り出したコニーにからかわれ、オリヴィアは笑った。

「夫婦ですから」

「そうでした」

少し濡れてしまったが、本来濡れる必要のなかったクラースのほうが濡れているのだ。文句を言えるわけがない。

「傘を持ってけば済む話なのに、旦那様がぴゅっと走っていってしまったんですよ」

「そうでしたの」

「今ジェフリーに熱い飲み物と、ヨーゼフに湯の準備を頼んでまいりますのでお待ちください」

「お湯にはお先にお入りになってクラース。あなたのほうが濡れてるわ」

「いや、君が先だ。譲らん」

「わたくしも譲りません。では平和的に互いの主張の間を取って、一緒に入りますか？」

「…………断固断る」

「今想像したでしょ、旦那様」

「するだろう」

「まあ、しますよね」

左右を挟んだ男たちの会話にクスクスと笑い、屋敷の中に歩む。

今日もオールステットはにぎやかで、明るい笑い声が満ちている。


淡々と、季節が移ろっていく。

その日は庭仕事を終え、オリヴィアは屋敷に戻った。身を包むひんやりとした空気が、冬がすぐそこまで忍び寄っていることを告げている。

今日のおやつはなんだろう、と楽しみにしながら皆と一緒に休憩所で待っていると、ノックののち、ヨーゼフが現れた。

「どうした？」

「来客でございます。研究所の方がお見えです」

「こんな変な時間に？　ちょっと見てきますね」

そう言って去ったコニーが、やがて小脇に赤い紙の貼られた包みを抱え、珍しく憤慨したような顔で戻って来た。

「ああ嫌だ。久々に研究所の雰囲気を思い出しちゃったな。これだから図体の大きいところの派閥争いは」

「どうした？」

コニーが包みを開け、綴じられた紙の束をクラースに渡した。

「先週、国のどこかで新しい伝染病が出たそうです。医学薬学の専門家はそっちの分野で。我々歴史学者は同じ病気の記録、当時の対処法や薬の処方のヒントが過去の記録にないか、一斉に散って探す羽目になるわけですが、そのために長年アルデバランの連中が自分たちの書庫から出したがらなかった医学関係書が上の命で一斉に開放されました。そして今、その中からこの一冊がオールステットに届きました。赤札付きで。言語に名前もついていないようなマイナー言語の書です。それをなんとか今月中にやれとのことですよ。長年内々に持ってたなら多少の解読も進んでいるはずなのに、アルデバランの連中からはなんのヒントも注釈もなし。あの家のやつらオールステットを目の敵にしてますからね」

クラースは書を開き、じっとその文字を追っている。

突然、彼の存在感が薄くなった。確かに彼はそこにいるのに、そこにいなくなったような不思議な感覚。

驚き、その横顔を見ながらオリヴィアは思った。今彼はおそらく一人だけ、別のところに行っていると。

しんと静まり返っている。コニーとトビアスはペンと紙を取り出し、主の目がすさまじい速さで字を追い、追い終わるのを待っている。

やがてぱたんとそれは閉じた。

「参照する文献を言う」

「はい」

「いずれも原文。挿絵、別紙がある場合はそれを含む。『マ・ラカッセ』三から六、『アブラハムチーク建国記』全十巻、『マダドラへの手紙』、『遺底使』一から三まで。アレッシ期からリギルギエル期までの『薬効公論』十五冊、『メテオリーテ』全三巻、『アルゾルゲ童話全集』、『冒険家バルテンの手記全集』……」

まるで神託か呪文のように、オリヴィアの知らないものの名がクラースの口から次々に挙がるのを、オリヴィアはまた、驚きをもって聞く。

男たちにとってはこれが当たり前なのだろう。何一つ驚くことなく、それを紙に書き写す。二人で同時にメモを取っているのは、聞き落としや書き落とし、書き間違いを防ぐためだろう。

ようやくクラースの口が止まり、無言になってまた最初からページをめくり始める。コニーとトビアスが互いの書いたものを見合わせ頷く。

トビアスの手が別のペンで違う色の印を、コニーのメモの上に付けていく。

「これが今我が家の書庫にはないものだ。頼むぞコニー」

「絶対アルデバランが裏で手を回してますけどね。お国の大事にいい大人が何やってんだあいつら。馬鹿らしい。まあ研究所には伝手があるんで、任せてください」

コニーとトビアスが立ち上がり部屋を出る。コニーは『研究所』に、トビアスは書庫に向かうのだろう。

部屋にクラースとオリヴィアだけが残った。今、彼は一切、オリヴィアを見ない。

水色の目はどこか透明になったように、書の中の、何かひどく遠いところを見ている。

静かだ。目と、ページをめくる指しか動かない。だがその頭の中が、音を立ててとてつもない速さで動いているのがわかる。

きっと今話しかけても、彼には何も聞こえないだろう。彼は今とても深いところに潜り、はるか遠い世界を歩いているのだ。

オリヴィアは皆の中でただ一人、今起きていることがどれほどすごいことなのかを理解できていない。ただただ驚きと共に、目の前のこの人の初めて見るような顔を見つめるだけだ。

ああ、これは確かに、場合によっては何かに嫉妬してしまったかもしれないとオリヴィアは思った。知識のないものには全く理解ができない、入り込む余地のない世界。その場所との間には高い壁があり、そこに彼らがいる限り、自分の存在は少しも顧みられることはない。

音をたてぬようそっと立ち上がり、オリヴィアは部屋を出た。彼らの邪魔をしてはいけない。彼らは今、オールステットの、オールステットにしかできない大切な仕事をしている。

食堂に歩むとジェフリーがお茶を入れてくれた。美味しそうな焼き菓子が、一人分。果物を添えて。料理人が慣れっこだという顔で笑っている。

「あの様子じゃあ何か急ぎの仕事でしょう？　ああなっちゃうともうおやつどころじゃないですからね。エレガントなご婦人はこちらで甘いものをゆっくりとお召し上がりください」

「ありがとうございます」

オリヴィアはにっこりと笑った。それをジェフリーが甘い笑顔で受ける。

「怒らなくていいんですか奥様。突然女性をほったらかしにしてって」

「怒られるようなことを彼らはしていません。彼らは今自分たちの大切なお仕事に、真摯に向き合っているだけ。何かに一生懸命な人を、わたくしは大好きです。水を得た魚というのはこういうものかと、それを目の当たりにできて、とても楽しかったですわ。陰ながら応援し、お仕事が終わったらしっかりと休んでもらって、それからまた遊んでいただくのを楽しみに、わたくしはお家で美味しいものをいただきながら夫たちの帰りを待っております」

「寛大な奥様だ」

「適材適所。いいことです。さすがに世の皆があぁでしたら困りものですけれど」

「そうですね。それじゃあ世の中のおやつがかわいそうだ」

笑い合い、ジェフリーが厨房に戻る。

一見シンプルなそれにフォークを入れたら、中からとろりとしたソースが出てきた。先日のとは違う、赤と紫の中間くらいの透き通ったソースだ。甘みを抑えたさくさくした生地をそこに浸せば、やっぱり背筋がしびれるようなたまらない味になる。そこに添えられた果物の酸味。このバランスがまた、たまらない。

オリヴィアは頷く。

「適材適所」

違うものたちによる組み合わせが作り出した美味しい味。最高の料理人が作った最高のおやつの味を、オリヴィアはこれまたぴったり合うお茶の味とともに噛み締めている。

六章

初冬
クラースの誕生日

Ms.Olivia
dies when she is loved.

「えっ」

料理人ジェフリーの前で、可愛らしい奥様がきれいな緑色の目を見開いた。

「クラース、今月お誕生日ですの？」

キンキンとしないやわらかく丸い声。発音が良く言葉が美しく、するんと耳に入ってくる。

「ええ、中旬」

「パーティーを？」

「子どものころはやってたみたいですけどね。俺は三年前にこちらにお世話になったんで、何にも言われなくて驚きましたよ。なんだかもう本人すら忘れてるみたいです」

「……自分のお誕生日を？」

「ええ」

奥様は首をひねる。

「男性ってそんなものなのかしら」

「男性によるでしょうね」

本日は旦那様方は外出中。奥様のために、ジェフリーはヘルシーな野菜たっぷりのメニューを用意した。

ひとつひとつきれいな手つきで微笑みながらしっかりと味わって、彼女はそれぞれに好意的で適切な感想を返してくれる。

それを聞くたび、舌の肥えたお嬢さんだ、とジェフリーは舌を巻く。

オールステット家の男性陣は、はっきり言って全員朴念仁だ。頭の中に文字がたくさん詰まっているせいか、空気というか機微というか、言葉になっていないものにあまり興味を示さない。そもそも明文化されていないことに意味はないと思っているようなふしがある。それが学者というものなのだろうか。ジェフリーには謎である。

オールステットは給金がいいし、あれこれと細かいことを言われずに自由に料理できるのでジェフリーは大変助かっている。ただし何を出しても文句を言われない代わりに称賛もないのが悲しいところ。

だからジェフリーはこの奥様が屋敷に来てくれたことを大変歓迎している。裏の事情はジェフリーには関係ない。ジェフリーはオールステットの料理人。料理をすることが仕事だ。

そもそも、こんな夜の時間にこの若く美しい奥様を、ジェフリーのようなものと二人きりにしている時点で野郎どもは全員頭のねじがどうかしているとジェフリーは思う。そういうところに考えが及ばないのか、ジェフリーと奥様を信頼しているのか。いや、普通にそこまで考えてないだけだろうなああの坊ちゃんたちはと、やっぱりジェフリーは思う。

「ジェフリーさん」

「はい」

奥様の可愛らしい瞳が、微笑みの形を作りながらも真剣にジェフリーを見ている。

「調理場は料理人の方の大切な仕事場だと、理解しているつもりでおります」

「おっしゃるとおりです」

ジェフリーを見つめる彼女の目に欲はない。女性と言えばキャーキャーと追ってくるものだと思っていたジェフリーには、それが楽しい。

彼女がそっと頭を下げた。

「無礼は承知でお願いいたします。クラースのお誕生日、一角をお借りできませんでしょうか。作業台と、オーブンを」

「俺にそんなことをする必要はありませんよ奥様。何を作るんです？」

「ベリーたっぷりのケーキはいかがでしょう。すっぱいのと甘いのを、零れそうなくらいいっぱいに上にのせて。わたくし、あれが大好きでした」

指先を合わせ、にっこりととても魅力的に、彼女は微笑む。

「旦那様への、奥様からの誕生日プレゼントですか？」

「ええ」

「刺しゅう入りのハンカチとか、こう、残るようなものじゃなくていいんですか？」

言ってから、ああ、とジェフリーは思った。

形あるものを何も残したくないから、彼女はそうするのだ、と。

はいともいいえとも言わず、ただ上品に微笑み、奥様はジェフリーの返答を待っている。あいにくこれを断れるほど、ジェフリーは朴念仁ではない。

ふっと笑って彼女を見る。

「いいですよ。材料も今度買ってきましょう。書き出していただけますか」

「ありがとう！」

頬を染め彼女は嬉しそうに笑う。

料理人は食べてくれる人が喜んでくれる顔を思って料理を作る。彼女も今、それを食べて笑う誰かの顔を脳裏に思い描いているのだろう。

形よく表面の磨かれた爪の並ぶ細く白い指が動き、さらさらさらとペンが、美しい字を紙の上に書いていく。その横顔をジェフリーは見た。口角を上げ、頬を染めて微笑み、幸せそうに、来月呪いで死ぬという奥様は今そうする。

さらさらと文字が増えていく。ときどき迷い、書いたものに線を引き、新しく加えて。

それを見ながら、きっとこのメモを自分は捨てることなく取っておくのだろうとジェフリーは思った。そしていつか料理で迷ったとき、きっとそれを見るだろうと思った。自分の料理を誰かに食べてほしいと願い、料理に魂を込めるということがどういうことなのかを、この紙はこの光景と共に自分に思い出させるはずだった。


誕生日当日。

『その日はクラースのお誕生日会だから、皆様お仕事を夕方に終わらせてください』と男性陣に一週間前に言い、今日オリヴィアは厨房にいる。幸い先日のような飛び込みの仕事は今のところなく、もうあの騒ぎも収まっているからおそらく大丈夫だと、コニーが言っていた。

夕飯は豪華にしてくれる予定のようで、ジェフリーが肉の表面を焼き、野菜を炒め、大きな鍋でことことと煮込んでいる。

豪華な食事というものはもう、準備の雰囲気から楽しい。オリヴィアはにこにこしてしまう。材料になってくれる色とりどりのベリーを見る。大きさも形も違う。でもみんな素敵な味わいのものたち。

弟も妹もこれが大好きだった。口の周りが面白い色になってしまうのが難点だけど、それも楽しみの一つだ。お誕生日には必ずこれを作ってねと言われたものだ。

大きいものは切り、小さいのはそのまま。卵、お砂糖、バターに小麦粉。出所の異なる者同士を混ぜて焼けば美味しくなるのだから、お料理って不思議だなと思う。

「早めに作って、奥様はおしゃれをしないといけませんね」

「ええ、ばっちり準備いたしますわ」

「旦那様へのプレゼントに？」

オリヴィアはくすっと笑った。

「せっかくプレゼントしても、あの人は決して包みをほどいてくださらないの」

　ヒュウ、と口笛を吹いてから、料理人は色気たっぷりに唇の端を上げた。

「こんな魅力的なものをもらっておいて？　世界の男全てを敵に回すお方ですね」

「本当に」

　クリームを作るために、オリヴィアの腕は楽しくおしゃべりしながらもカッカと回っている。最初にこれを作った人は、シダの葉でこれを泡立てたとか。

　時間がかかっただろうなあと思う。今は専用の道具があってなによりだ。

　それでもなかなか泡立たないのをジェフリーに覗きこまれ、からかわれながら笑って回し続け、ようやくふわふわになった。

　そっとスポンジにそれをのせる。以前見事な花のように飾り付けられているものを食べたことがあるが、オリヴィアはそこまではできない。全体が均等になるように、少しでもきれいになるようにとそれを真剣に塗っていく。

「オリヴィア、今日はおやつを食べないのかい？」

　厨房を覗き込んだ人の声がしたのでオリヴィアは慌ててケーキを隠そうとした。

　一瞬でその間にさっと身を入れてくれた粋な男性が、闖入者の視界を上手に遮りながらその人のところに歩いていく。

「旦那様。さすがに少々野暮が過ぎますね」

「何がだいジェフリー？」

「せっせとおめかししている女性を、パイプくわえて悠々と待つのが男ってもんです。我々は出来上がったものをただひたすらに賞賛し、ありがたく抱き締め、じっくりと優しく包みをほどくのが仕事です」

「うん、よくわからないがわかった。つまり今は準備中なんだな？」

「そういうことです」

オリヴィアはケーキを隠しつつ首を伸ばすように振り返り、夫を見た。

「楽しみにお待ちになって。わたくし本日おやつは結構ですわ。味見をいたしますので」

「そうか。ではまた、夜に」

「はい」

彼が去ったのでオリヴィアはほっとした。

別に見せてもいいのだが、やはり出来上がったものを見せたい。

やれやれと甘く微笑んで、料理人が料理に戻る。

「彼らに女心を説いても無駄なのはわかってるんですけどね」

「ええ。今度爪の垢を煎じて飲ませてやってくださいな」

「いえいえ。先日おっしゃった、適材適所ですよ奥様。古典恋愛の物語だけは、きっとお手上げでしょうけど」

「ええ。周囲もわかっていて、オールステットにははじめからそのお仕事が回ってこないのではなくて？」

「そうかもしれない」

二人は笑う。

「……奥様」

料理の手を止めず、料理人がぽつりと言う。

「はい」

「料理は食べたら消えてしまうけれど、美味しくて楽しい食事の思い出は、ずっと心に残ります」

「……」

「独り言です」

「わかりました」

くつくつ、ことこと、笑い声と料理の音が満ちている。


完成させたケーキをジェフリーに託し、オリヴィアは湯に入り、肌と髪の手入れをして、化粧台に座っている。

精一杯身を飾ろう。クラースがいつかこの日を思い出すことがあったら、そこのオリヴィアが少しでもきれいであるように。そう願いながら、祈りを込めて顔に色をのせていく。

髪はまとめる。高く結い上げるのをオリヴィアはあまり好まないので、人妻らしく下の位置に編みながら留めていく。

ドレスはどれにしようかと考えた。並んでいるものを見て、くすりとオリヴィアは微笑む。

冬だ。青にしよう。目いっぱい、『背中に布がない』やつで。

長袖なのに背中に大きな切れ込みの入ったものをオリヴィアは選んだ。深みのある青で艶がある。全体に星か雪のように入れられて光る銀糸の刺繍と、人魚のようなラインが素敵。合うアクセサリーを選び、きらきらとしたネックレスとイヤリングをつける。

全身を確認し、オリヴィアは頷いた。上々。


食堂に歩んだ。中で話し声。少し立ち止まって聞いてみたが、やっぱり仕事の話だ。

そっとオリヴィアは扉を開けた。

クラースがこちらを見る。すごい見る。

「おぉ……」

「氷の女王様でございますな」

「……」

引っ張られるようにクラースが歩み寄ってきて、近くでオリヴィアを見た。ちょっと近いが、彼は夫なので何も問題ない。オリヴィアも視線を外さずに、夫を見返す。

「お誕生日おめでとうクラース。あなたが望むならこのままわたくしをプレゼントしてもよろしいのですけれど、どうなさいますか？」

そっと腕を伸ばしその顎に触れ、その目をじっと見る。

「寝室に行く？　あなた。……お誕生日プレゼントのリボンは、主役だけがほどいていいの」

「…………まだ眠たくないので大丈夫です」

「つれないお方」

「毎回思うけどよくあれを断れますよね」

「全くだ。精神が強いのか弱いのか」

想定内だ。オリヴィアはクラースを見る。

「エスコートしてくださいませ、旦那様」

最初に比べたらだいぶ自然になった動作でオリヴィアの腰に触れたクラースが、目を見開いた。

「また布がないぞオリヴィア！」

「わざとです」

嬉しそうな顔ののち、やがてクラースは心配そうに眉を下げた。

「私は手のひらがとても幸せだが、君は寒くはないかい？」

「暖炉があるから大丈夫よ。心配してくれてありがとうクラース」

そうして席に着けば、次々に美味しそうな御馳走が並んだ。

ごろりと大きな塊肉の入った煮込み料理、湯気を出す焼き色の付いたパイ、ソースのかかった鴨肉。

色とりどりの野菜に、何種類かのチーズの盛り合わせ。パンの種類まで多い。

「久々にやりますか？」

そう言ってジェフリーが片手に持ってきたのは、赤の葡萄酒だ。男たちは目を見合わせた。

「明日は何かあったか」

「特に。急ぎのはありませんな」

「じゃあ、少しだけいただこう。せっかくだから」

「お飲みになれるの？」

クラースがオリヴィアを見た。

「まあ、おそらく人並には。ただ酒を飲むと次の日の朝の頭の動きがいまひとつになるので、あまり頻繁には飲まない」

こちらを見る水色の目を、オリヴィアはじっと見返す。

「……酔いの快楽よりも、お仕事が優先ですのね」

「いけないだろうか」

「いいえ。クラースらしいと思います」

「奥様はいける口ですか？」

「では、一口だけ」

十六から飲酒は解禁されている。オリヴィアは十六の誕生日に葡萄酒を飲んでみたが、そのときは正直、果実のジュースのほうが美味しいなと思った。

今飲んでみたらどうなのだろうとふと思い、また、死ぬ前にもう一度くらいはと思い杯を受け取った。

「ジェフリーもやってくれ」

「では、お言葉に甘えて遠慮なく」

皆にサーブしたのち、自分の杯を満たし、料理人はそれを掲げた。

皆がオリヴィアを見る。オリヴィアは微笑む。

「お誕生日おめでとうクラース。あなたが生まれてくれたことに、心から感謝いたします」

皆が杯を掲げ、杯に口を付けた。

人生二度目のそれはやはり口に苦く、オリヴィアはまだ自分は子どもなのだと恥じた。

「美味しい？」

「……と、言いたいけれど、まだ苦く感じるの」

「そうか。可愛いな」

ぽろりと零したように言った自分の口を、彼は押さえた。そして手を外し、オリヴィアを見る。

「……まだ言ってなかったね。全てがよく似合っている。……とても可愛いよ、オリヴィア」

「……ありがとう」

クラースの目が優しい。

「私のために準備してくれたことが何より嬉しい。ありがとう」

「大切な旦那様の生まれた日ですもの。お祝いしたいの」

「……ありがとう」

眩しそうにオリヴィアを見てから、彼は食事に戻った。

「この鴨肉、やわらかいわ」

「ふつうはもっと固いのかい？」

「ええ。すっぱいソースにも合って、美味しい」

「へえ。このパイは中が肉だ」

「お肉祭りですね。男の子が喜ぶように作ってくださったんだわ」

「確かに食べ応えがある。美味しい」

「ジェフリーさんにそう言って。作ったものを褒められるのって、誰だって嬉しいのよ」

じっと顔を見て言えば、彼は手を止めオリヴィアを見つめ返し、真剣に聞いてくれる。

「そうか。わかったあとで言っておこう」

「ええ、そうして。今後もよ。いつも、何度だって。言われるほうは、言われるたびに嬉しいの。だからきっとそうして、クラース」

「……わかった」

そうしてゆったりと食事は進み、やがて空いた皿たちが下げられた。

「おなかいっぱい？」

「ああ。どうしたオリヴィアそわそわして。何か問題が？」

「デザートがあるの。ジェフリーさんの不名誉にならないよう先に言っておくけれど、製作者はわたくし」

「はい旦那様、皆様。奥様からの誕生日プレゼントですよ」

ジェフリーに呼ばれ、その手から渡されたトレイを受け取る。

オリヴィアは彼を見上げた。甘く笑っている。

「お仕事を盗ってしまって、かまいませんの？」

「奥様のプレゼントを主役に渡すのは、奥様のお仕事です」

「ありがとう」

ジェフリーに心からの微笑みを返してから、オリヴィアは落とさないようにトレイをそっと運び、クラースの前に立つ。

美味しいジェフリーの料理を食べ慣れている人たちに、素人の手作りの品を美味しいと思ってもらえるだろうかとドキドキする。

「お誕生日おめでとうクラース。オールステットのお金で買った材料で恐縮ですが、わたくしからのささやかなお誕生日プレゼントです」

「……」

とりどりのベリーがつやつやと輝き、ケーキからころりと転げた可哀想なものがいるくらいたっぷりと、その白いクリームの上に埋まっている。

「ジェフリーさん、六等分して、ヨーゼフさんには明日召し上がっていただくことはできて？」

「喜びますよ。爺さん甘党でね」

「意外だわ」

「私のを大きくしてほしい……」

「まあ、子どものように。ではお誕生日に免じて、少しだけ大きめに切って差し上げます」

この二十二歳になった男の人は、九歳の弟と同じことを言うわと、オリヴィアは笑った。

それぞれの皿にケーキを移す。ジェフリーがティーカップを並べ、注いでいく。

「……いただきます」

「召し上がれ」

にこにこと、オリヴィアはフォークを口に運ぶクラースを見る。

あらあら一口をそんなに大きく切ったら大変なことになるのにと思いながら、黙っている。

「……」

美味しいと言ってくれるかと、じっと見守っている。

「……」

水色の目にじわりと透明なものが盛り上がって溢れ、ぽろりと頬を伝って落ちた。

「……おいおい泣いちゃったよ」

「泣いてない！　断じて泣いてないこれは心の汗だ！」

「なんで今心が汗かいたんです」

「ケーキ食べてて？」

「大好きな奥様の手作りの誕生日ケーキが美味しくて嬉しくて二十二歳の男が思わず泣いちゃいましたって素直に認めたらどうです」

「皆少しあちらを向いてくれるか前にも言ったが私にだってプライドというものがある」

「じゃあ外でも眺めますか」

「真っ暗ですなあ」

「夜ですからね」

少し経ってから振り向き、全員がクラースの顔を見た。

「ん？　ちゃんと拭いたはずだまだ跡が残ってるかい？」

ぶはっとコニーが噴き出した。ジェフリーが笑いながら裏へ行き、戻ってクラースに手のひらほどの大きさの手鏡を差し出す。

唇がまだらに青くなったクラースが、そこに映し出された。

ジェフリーが片目をつぶってオリヴィアを見た。

「いたずらですか、奥様」

「ここまで含めての、このケーキなのです。温かい湯で洗えばすぐに落ちますから、ご安心くださいクラース。なんならわたくし、指できゅきゅっと洗って差し上げましょうか？」

「そんなことをしたら確実にパクリとしたくなるからやめたまえ。どうせあとで湯に入るから、そのときに落とすよ」

さすがの無頓着。このおもしろさが、彼は全く気にならないらしい。

皆、主が体を張って教えてくれた教訓を生かし、唇に付けないよう注意して食べた。美味しい。

「素朴だけど美味しい」

「美味いですなあ」

「こういうシンプルなの好きですよ。優しい、家庭の、お母さんの味だ」

そう。これはオリヴィアの家庭の、家族の味だ。

どうしてもそれを、オリヴィアはこの人に、食べてほしかった。

「さて、おなかもいっぱいになりましたし、踊りませんかクラース」

そう誘えば、彼は立ち上がった。

コニーが楽器を取り出し、いつかの曲を演奏し始める。

また足を踏まれるかしら？　と思って背の高いその人を見上げると、すっと腕が伸び、正しいポジションに収まった。オリヴィアは目を見開く。

「……練習したの？」

「ああ」

「……誰と？」

「……」

「ああ思い出したくもない！　地獄でしかなかった！」

「コニーさんと!?」

演奏の手は止めずに叫んだコニーと目の前のクラースの顔を交互に見て、オリヴィアはその絵面を想像した。

背の高い男が二人。どちらも苦虫をかみつぶしたような顔で。手がふさがって演奏できないから、おそらくメロディを歌いながら。

ジェフリーが顔を押さえてげらげら笑った。涙まで流している。ここまで笑う彼を初めて見た。

オリヴィアも大爆笑を必死で堪えている。おなかがピクピクする。

「他にいないだろう。トビアスは腰が痛いと言って逃げるし」

「そりゃ逃げますわ。地獄でしかない」

「やっぱり逃げてたのか」

「それにしたって……っ……」

「足を踏みたくなかった」

「……」

顔を上げ、夫の目を見た。オリヴィアを見ている。真面目な顔だが、口の周りがまだらに青い。

「私は、君が痛いのは嫌だ」

「……そう」

微笑み、その腕に身を任せる。

ああ、相当練習したなとわかった。簡単な動きだけれど、ちゃんとお手本通り。本を読んで、コニーに教わって、きっと一人でも、足のステップを何度も踏んで。

笑いが引き、代わりに涙が出た。この人を、オリヴィアは好きだ。

「泣いてるのかい胸が苦しい。どうした？」

「嬉しくて」

そっとその体に身を寄せる。

「嬉しいのクラース。わたくしはあなたが好き」

「……」

「大好きよ。お誕生日おめでとう。生まれてくれて、ありがとう」

「……私がいなければ、君は死なない」

「あなたがいなかったらこうして出会えなかった。そしてわたくしは娼館へ。どちらに行こうとわたくしは死んでいた。だから、これでいいのよ」

「……」

「これでいいの。あなたはこれから、たくさんのきれいなものを見て、美味しいものを食べて、人と交わって。そうしながら何度も何度もお誕生日を迎えて、いつかたくさんの可愛い孫に囲まれて笑う、白髪の素敵なお爺様になってね。……愛してるわ。クラース」

「…………私は愛していない」

「ええ、そうね」

「私は君を、一切、愛していない」

「ええ。わかってるわクラース。ちゃんと、わかっているから大丈夫よ」

顔を上げ、微笑んで夫を見る。彼はもちろんじっと、オリヴィアを見ていた。

その水色の目から涙が伝っていることに、オリヴィアは気づく。

そっとその頰に触れ、それをぬぐう。その手をクラースがぎゅっと握る。

「……今日は、これまでの私の人生で、最も楽しい誕生日だった。こんなににぎやかで、皆が笑っている誕生日は初めてだ。……ありがとう、オリヴィア」

ぎゅっと彼の腕が強く、それでも優しく包むようにオリヴィアを抱いた。

「ありがとう。オリヴィア」

「……」

美しい音に乗って、二人は踊る。

愛する夫の熱を全身に浴びながら、オリヴィアはもう一粒だけ、溢れた涙の粒をクラースの胸に落とした。

七章

冬

『愛』

Ms.Olivia
dies when she is loved.

そして十二月は、当たり前のように訪れた。

家の者たちは何かするたびに、そこにない何かを探すようになっている。

もしやぽろりと隙間から、銀色の針が出てきはしまいかと、そういう動きを無意識にしている。


「あぁ……」

「どうしました？」

「雪が、だいぶ積もったと思って」

いつもの休憩時間だ。クラース、コニー、トビアス。暖炉の火があるので、部屋の中は暖かい。

後ろからクラースが窓を見た。ふさふさとした雪が朝から降って、世界を白く染めている。

おふとんのようなふかふかとした雪が積もり、誰の足跡もついていない。

「クラース」

「なんだい、オリヴィア」

優しくそう答えるクラースは、最近目に見えて食欲が落ちてしまった。頬がこけてしまったようで、オリヴィアは心配だ。

「雪合戦をしない？」

「雪合戦？」

クラースは髪を揺らし首をひねってから振り向き、コニーを見た。

「知っているかコニー」

「知ってますよ。うっかり首から入ると冷たいんだあれは」

首をすくめながら言うコニーを、オリヴィアは見る。

「そうなのですか？　わたくしルールは知らないのです。きれいな服を汚してはいけないと思い、遊びに混ざらないうちに大人になってしまって。楽しそうだなと思っていたのに、一度もやったことがないの」

コニーが肩をすくめる。

「ルールなんかないですよ。わあわあきゃあきゃあ言って雪玉を投げ合って、当たったら負け。もしかしたらちゃんとしたのもあるのかもしれないけど、子どもの雪合戦なんてそんなもんです」

「……やるかい？」

「よろしいの？」

クラースがオリヴィアを見たので、オリヴィアは子どものように頬を染め、目を輝かせてしまった。

窓の外で遊ぶ楽しそうな子たちを、オリヴィアはずっとお屋敷の中でうらやましく見つめながら大きくなってしまったのだった。

「お願いします」

「私は御免こうむりますぞ。滑って転んで打ち所が悪いと死にますからな。ヨーゼフに湯を準備するよう言ってまいります」

トビアスが部屋を出る。それぞれの部屋に戻って着こんでから、オリヴィアとクラース、コニーは玄関で待ち合わせ、外に出た。

「おお、積もってる」

「ふわふわだな」

「きれい……」

一面の白。足を踏み出すたびに自分の足跡が残るのが面白い。

毛糸の帽子を被っているので耳は大丈夫だが、鼻が冷たい。赤くなっているかもしれない。

自分の息が真っ白だ。わざとはあっとやってみて、煙みたいなそれを見る。

きらきらとした細かい雪が、魔法のように散っている。

「雪玉を作るのでしょう？」

「ええ。こうして」

コニーの手袋をした手が雪を拾い、ぎゅっと雪を丸く固めた。

「こうです」

「冷たい！」

ぽすんと投げたそれが見事クラースの顔に命中した。ぶるぶると犬のように首を振っている。はっはっはとコニーが笑っている。

「いやあ何年ぶりだろう。案外楽しいもんですね」

「冷たい」

泣きべそをかいたようなクラースの顔が面白くて、クスクスと雪を払ってやりながらオリヴィアは笑った。

「わたくしもその『冷たい』がしたいので当ててくださいませ。さあどうぞ」

「……」

「……」

手を広げたオリヴィアに、男性陣が雪玉を手にしたまま固まっている。目を閉じ待っててもいつまでたっても『冷たい』が来ないので、オリヴィアは目を開いた。

「当てて？」

「……」

「……」

「『冷たい』がしたいのに……」

「私には無理だオリヴィア」

「軽〜く、でも大丈夫ですか奥様」

「では、軽〜く」

コニーが三歩先ほどまで歩み寄り、小さな雪玉をかざした。

「行きますよ奥様！」

「望むところです！」

「えい」

軽〜く飛んできたそれがばっちりオリヴィアの額に当たった。冷たい。

「冷たい！」

額を押さえオリヴィアは笑う。これをずっとやってみたかった。

「そうでしょう」

コニーが頷く。

「大変だオリヴィアが冷たい！」

クラースが慌てる。

皆の息が白く、鼻が赤い。

白銀の魔法のような光が、きらきらとそれを取り巻いている。

「当てられないいんじゃ勝負にならない。戻りますか？」

「『雪だるま』もしたいのです」

「意外と大変ですよ。重くて」

「では小さいのを」

コニーにやり方を教わって、オリヴィアとクラースがおのおの雪をころころと転がす。

手やボタン、目や口になるものをコニーが拾ってくれて、二つ重ねた雪の丸の上に顔を描く。

やっぱり煙みたいに息が白くて、頬だけ熱く、手袋をしていても指先がじんとする。なのに厚着のせいで、体はぽかぽかと温かい。

目が大きすぎるだとか、鼻が高すぎるだとか、ああだこうだと言いながら、やっと一匹。

街で目を引くような大きなのを作る人はどれだけの手間をかけているのだろうと思ってしまうほど、小さいものができた。

「可愛い」

クラースが白い息を吐きながら、雪だるまを見て笑うオリヴィアを見ている。

「そろそろ屋敷に戻りましょう。指がじんじんしますよ」

「私は鼻が寒い」

「赤くて可愛いですよクラース。はい、戻りましょう。お付き合いいただきありがとうございました」

二人に風邪を引かせるわけにはいかない。オリヴィアは感謝を込めて礼をし、素直に従った。

二人が譲ってくれたので先に湯に入り、長湯しないように気を付け部屋で髪を乾かした。

身だしなみを整え、休憩所に顔を出す。

男性陣はもう全員座っていた。おやつにはまだ手を付けていないようだ。

ぱち、ぱちと暖炉の火が燃えている。

不思議に、しん、と静まり返っている。何かそれを破るのも悪い気がして、静かに今日も美味しいジェフリーのおやつを頂く。

ふわふわの生地に、お酒の味をわずかに感じるドライフルーツと木の実を挟んだもの。子どものような雪遊びがばれているのだろう。温かくて甘い、とろりとした飲み物が添えてありおなかに沁みる。ああ、やっぱり素敵な味と微笑んで、オリヴィアは顔を上げた。

「クラース、コニーさん、本日は本当にありがとうございました」

「いいえ。楽しかったですよ。……ところで奥様」

「はい」

「満月は来週です」

コニーが静かな顔で、オリヴィアを見ている。

「予定通りではございませんか」

オリヴィアは微笑んだ。思ったより短かったなと、この屋敷に来てからの日々を回想した。

部屋にいる皆の顔を見る。皆、以前よりも笑わなくなってしまった。こんなふうに罪悪感を植え付ける気はなかったのにと、それだけが心残りだ。

「……屋敷を燃やそう」

ぽつりとクラースが言った。

「それをするならどうかその前に、私を殺していただけますか旦那様。この屋敷と蔵書がどれほど重要なものか、ご存知ないはずはございません。持ち出しのできぬほど古い紙が無数にあることも。いくら貴方様がこの屋敷の旦那様であろうと、私の目の黒いうちは、絶対にそんな真似はさせません。ここは貴方様の屋敷ではない。オールステットの屋敷でございます」

トビアスが静かに、だがしかし揺るぎなく言った。クラースが黙り込む。

「……針はどこにあるんだ」

「探さなくて結構ですわ。わたくし、報酬がいただきたいの」

「……死んでもか」

「ええ。死んでも。クラースがわたくしを愛してくださればの話ですが」

「……愛してない」

「来週わかることです」

「……」

静かに続きの茶を飲んでいたコニーが、ティーカップを置いた。

「……先週、我が屋敷に来客がございました」

「コニー！」

トビアスが雷のように叫ぶ。コニーは動じない。

「金貨四十七枚を持って。残りの三枚は必ず返すからと。どうか娘が望むならば、その身を返してもらえないかと、床に額を擦り付けて必死で頼み込む女性が。あの子のこのお金のおかげで買えた薬と食べ物で、ようやくこの通り元気になったからと。商社時代の知り合いの家に親子ともども住み込みで、働けるようになったからと。無作法勝手は承知している。でも、どうか、どうかと」

「……」

オリヴィアの手は止まっている。

どうか。どうか。あの美しい母が。あの誇り高い母が。

コニーが静かに、オリヴィアを見据えた。

「あなたの家族はあなたが思うほど弱くない。金貨五十枚よりも、娘の命をお望みだ」

「……」

家を出る前、最後に見た母のやつれた顔が脳裏をよぎる。

ここまで歩いて来られるほど。働けるほど、元気になったのだ。

よかった。よかった。本当によかった。オリヴィアのやったことに、オリヴィアに、意味はあった。

「……」

「探しませんか、残りの期間、カミラの針を。当然今更契約を反故にする気はありません。あなたにはきっちり、十二月の満月の夜までここにいていただきます。それで前金分の仕事は果たしていただいた。成功報酬を諦めませんかオリヴィアさん。あなたのご家族は誰も、そんなものを望んでいない」

「……」

ぽろぽろと涙が落ちる。

何の涙だろう。覚悟はしていたはずだ。死んでも、家族にお金をと。今更なんだろう。どうして嬉しいのだろう。誰かに、生きて欲しいと望まれることが、こんなにも。

涙を拭いながら、オリヴィアは顔を上げた。

「でも、散々にお探しになったのでしょう？　庭の土まで総入れ替えして」

「はい」

「当然当時の記録、一覧のようなものを、残しておいでですね」

「はい。オールステットでございますので」

「拝見できますか？」

トビアスとコニーが目を合わせて頷く。

「忌々しいからと奥に置いてありますので、探してまいります」

「ありがとう」

二人が立ち上がり、部屋を去った。

「……探してくれるのかい？」

「ええ。でも奇跡でも起きない限り、難しいとはわかっております」

沈黙。

「ねえ、クラース」

「なんだい」

「わたくしの話をしてもいいかしら」

「……もちろん。ソファに座ろうか」

窓際のソファに、二人横並びで座る。

オリヴィアはそっと、その肩に頭を乗せた。クラースは一瞬身を固くしたものの、肩を引かない。

そこに染み入るようなあたたかさを感じ、オリヴィアはそっと目を閉じる。

「……わたくしの家。アシェル家に引き取られる前のわたくしの生家は、ボロボロの、暗くて狭い貸屋だったわ。家の中はいつもお酒と、何かの腐ったものの臭いがした。父が怒鳴っていて、母が酔っ払っていて。わたしはめったに、ごはんをもらえなかった」

「……」

オリヴィアがずっと押し込めていた、それでも消すことのできなかった記憶。

それを覆うのが剝がせば痛みとともに血が吹き出すかさぶたであると知りながら、オリヴィアは今、それを剝がす。

この純粋な人に自分を偽ったまま、オリヴィアは世界から消えたくない。

「ろくに働きもしない、あっちこっちからお金を借りて、返さない、卑しい人たちがわたしの実の親だった。なんとか働かずにお金を稼げないかと考えたあの人たちは、ある日名案を思いついたの。『娘を金持ちの馬車に轢かせて、金をもらおう』って」

「……」

金持ちそうな馬車の前に、彼らの手は躊躇なく、幼い娘の痩せた背を押し出した。

「うまくやらなければまた、三日飯抜きだと言われて。こわかったけど、わたし、とてもお腹が減っていたの」

迫りくる馬車に足はすくみ、ぶつかる前にオリヴィアは転んだ。

馬車が止まり、中から立派な男性が現れオリヴィアを抱き上げた。

両親が飛び出してわめく。おいあんた、うちの大事な娘に何をしてくれたのだと。

紳士はじっと、唾を飛ばす両親を見据えた。腕の中で蒼白になって震える少女を見た。抱き上げた子どもの骨のように痩せた体、両親の酒に濁った目、そこに宿る卑しさに、彼は事情を察したのだろう。金の入った袋を見せ、この金でこの子を私に売らないかと言った。

下卑た目で笑い、ああ、そういうことならと上機嫌で父は言った。きっと美人になる、私たちのとても大事な娘なので、もう少し色を付けてくれませんかと。へらへらと。オリヴィアの背を押した手を揉み合わせて。

紳士の差し出した紙に言われるがままに署名し、二つになった袋を受け取って、親だった者たちは去った。

馬車に乗せられ、揺れながら、オリヴィアは、自分はどこに行くのだろうと思っていた。どこでもいい。オリヴィアはもう、疲れてしまった。

オリヴィアを迎えた母は最初、戸惑っていた。当然だ。出かけた夫が相談もなく、小さな女の子を連れ帰ってきたのだから。

湯に入れられた。温かな湯を使って体を洗うという贅沢に、オリヴィアは驚いた。

オリヴィアの体を撫でながら洗った母は静かに泣いた。オリヴィアの体に浮き出た骨を、あざを、その手は何度も優しく、やわらかく撫でた。

食べ物とは味のしない固いパンだけだと思っていたオリヴィアの前に置かれた、数々の温かなもの。やわらかい、いろんな味の食べ物がこの世にあることを知った。

この人たちもいつか自分を馬車の前に突き飛ばすのだろうかと思っていたオリヴィアに、清潔で温かな布団、初めて見るような色の服。美しい絵の描かれた本を読み上げてくれる優しい声と自分を打たずに守ってくれる優しい手のひらが、当たり前のように与えられた。

「幸福だった。本当に」

「……」

彼らには子がなかった。初めて受ける愛を少しずつ、やがて胸いっぱいに吸い込んで、オリヴィアは育った。

「ある日、母が言ったの。『オリヴィア、あなたに弟か妹ができるのよ』。……あれほどの恐怖はなかった。ベッドで、ガタガタと震えたわ」

「……」

「この子が生まれたら、きっと自分は追い出される。だって本当の子じゃないのだもの。どんなに勉強したって、身だしなみを整えたって、何が、どんなに上手になったたって、本当の子には何をしたって敵いっこない。どうしようどうしようと思ったわ。生まれるな、お願いだから生まれるなって思った。長年子どものできなかった両親がどれほどそれを待ちわびているか知っていながら、母のだんだん大きくなるおなかを見て毎日わたしは思っていたの。どうかお願いだから、生まれないで。……お前なんか消えてしまえ。死んでしまえって」

弟は生まれた。

産声の響く中、怖くて顔を上げられなかった。命を拾ってもらいながら、身の丈に合わないたくさんの素晴らしいものをもらいながら、彼らの大切な子の死を望んだ卑しい子。無価値の石ころを見るような目が、汚れ腐りきったものを蔑む大好きな人たちの目が四つ、そこにあるような気がして。

「『オリヴィア、お前の弟だよ』と父が言ったわ。いつもと変わらない、優しい声で」

触れてごらんと言うのでその小さな手のひらの前に指を出した。

きゅっ、と、それはオリヴィアの指を必死に握った。

涙が溢れた。

「死ねと呪ったわたしを、弟は許してくれた。いいよって言ってくれた。勝手に、そう思った。そのときに決めたの。わたしはこの子を守ろうって。いいお姉さんになろうって。いつかこの人たちの役に立とう。自慢の娘、頼れるお姉さんになろうって」

容姿を磨き、勉学に励み、作法を身につけ一つでも多くの言語を理解しようと、必死だった。

「だから来週、もしわたしが死んでも、あまり気にしないでクラース。わたしはアシェルの名を名乗るために表面だけを取り繕った、生まれの卑しいただの贋作。作りものの表面を取り去れば、中身は銅貨一枚の価値もない、路上に捨てられて転がるただの薄汚いごみなのだから」

「……」

「わたしね、いつだって頭の中でお金の音がするの。今日食べさせてもらったご飯で銀貨が何枚かかった。お稽古事で一回いくら。今日はお仕事の役に立ったから少しだけ返せた。風邪を引いて寝込んでしまったから、やっぱり引くことの何枚。ずっとずっと、その足し引きを数えてきたわ。計算高くて卑しい考えでしょう。これまでもらった分だけで、金貨五十枚の価値を超えてしまった。だからわたし、どうしてもそれを、両親に返したかった。……それしか、わたしが彼らにもらったたくさんの素晴らしいものに答える方法が、わからなかったから」

クラースの腕が伸び、ぎゅっと抱かれた。オリヴィアは目を閉じる。

ああ、あたたかいと思う。幸せだと思う。

「……いつかの私の言葉が、君を深く傷つけたんだね」

「あなたは真理を言っただけ。何も悪くないわクラース」

「一度人に放った言葉は消えない。だが言葉は重ねることができる。どうか君を傷つけたことを、私に謝らせてほしい」

「……」

「私は女性を君しか知らない。でも、人間というものをたくさん見てきた。書の中でね。人というものはたいていは愚かだ。一度手に入れた権利に甘んじ、増長し、簡単に堕落する。手の中にあるものをいつのまにか当たり前だと思い違え、失うまでそれに気付けない。君は違った。与えられたものを当然とせず、大好きなご両親に教えられた方法でひとつひとつ数え、受け取ったもの全てを心から大切にし、それに報いるため必死で努力して自分を磨き続けたのだろう。与えられた愛に、常に精一杯の愛を返し続けてきたのだろう。十七歳の健康で美しく賢い女性一人ならばどこに行っても生きられたのに、君は家族を見捨てず、家族のために死を覚悟して娼館の扉を叩こうとした。この屋敷に来ることを選んだ。お母さんに薬を与えたくて。家族に食べ物を与えたくて。大好きな家族をなんとしても守りたいというその思いの、行いのいったいどこに卑しさが、計算高さがあるだろう。それは誰にでもできることではないよ、オリヴィア」

「……」

クラースの腕はオリヴィアを抱く。強く、優しく、守るように。

「君は贋作ではない。路上のごみであるはずがない。君は天に与えられた自分の道を必死で生きた、聡明で我慢強い、努力家の、愛情深い女性オリヴィアだ。……私は君が私の妻であることが、心から誇らしい」

「……」

オリヴィアの涙が、クラースの服に染み込む。

オリヴィアはこの人の胸でなら、何度でも泣いていいような気がする。

何故かはわからない。言葉の後ろに本心を隠すことに慣れきった、いつだって表面を取り繕う自分と、正反対の人だからだろうか。自分では守れない何かを、この人の腕になら守ってもらえる気がするからだろうか。

「持ってまいりましたぞおっとっと。お取込み中でございますな」

「いえ、お気になさらないで。拝見いたします」

涙を拭き、ずらりと並んだ当時の捜索の記録に、オリヴィアは目を通した。

最後まで目を通しきり、そんなはずがない、きっとどこかで見落としがあったのだと初めに戻る。

ない。

オリヴィアはトビアスを見た。

「トビアス様、紙に欠落がございませんか」

「ございません。こうして綴じ、頁数を振っておりますので」

「……」

呆然と、オリヴィアは男たちを見た。

ああ、そうだ。ここオールステットはきっと、ずっと男たちの館なのだと思った。

「……どうして、アードルフの部屋を調べていないの」

男たちは目を見合わせる。

「奥様、……どうして隠したい物を、一番見つけて欲しくない相手の部屋に隠すのです」

「……」

馬鹿、と叫びたくなった。

馬鹿。本当に馬鹿。

伝わらなかったのだ。何一つ。カミラの思いは、一滴すらも。

「……そもそも、どうして彼女が百日もかかる方法で呪ったか、お考えになったことは？」

「そういう呪いなのだろう？」

「ええ、他にもあったし、それしかなかったのかもしれません。でも、カミラは思っていたわ。毎日、血が出るほどの傷が増えるのだから、きっと……途中で、気付いてもらえるって」

言いながら、先ほどまでとは違う涙が出た。

きっと傷だらけだっただろうカミラ。あの美しい薔薇の前で血とともに、百滴をはるかに超える涙を流し続けただろうカミラ。いつか鏡に映ったあの顔が赤い光に浮かびながら痛みと悲しみに歪む光景を思い、オリヴィアは歯を食いしばる。

「……『指をどうした、カミラ』。途中できっと、そう言ってもらえると思っていたわ。言ってほしいと思っていた。だって好きな人に心配されるって、とても嬉しいことだもの」

男たちは呆然としている。

「呪っていることに気付いてもらえると思っていたわ。馬鹿なことはやめなさいって、止めてもらえると思っていた。それくらいの関心がまだ、夫の中に残っていることを、信じていた。でも彼はずっと、……最後まで、それに、気付かなかった……」

そうして、呪いは成ってしまった。百滴の血は誰にも知られずに、気付かれることなくカミラから流れてしまった。

「……私を見て。本心を見つけて。ここにまだ、愛があることに気づいて。ずっと、ずっと、カミラはそう言っていたのに……」

唇を噛み締め拳を握り、オリヴィアは天井を睨みつけた。

「アードルフのバーカ！　浮気者！　せめて浮気の証拠ぐらいしっかり隠すぐらいの最低限の誠意持ちなさいよこの最低最悪無神経頭お花畑男！　悪鬼!?　悪女!?　なりたくてなってないわよ元はといえば全部！　全部！　全部！　全部あんたの浮気が原因じゃないの！」

オリヴィアの絶叫。男性陣は自分が怒られたような顔になって首を縮め静まり返っている。

沈黙が支配するそこに、小さく、可憐な音が響いた。

「なんだ？」

「オルゴール？」

「……永久」

オリヴィアはクラースを見た。

「アードルフ……クラースのお部屋に、オルゴールはおありですか」

「……あったかトビアス」

「ええ、言われてみれば記録にありましたな。……アードルフ様の時代に」

眉が寄り、苦しげになって、ため息のように言う。

「……カミラが婚姻の際、アードルフ様に贈ったものが」

「行きましょう」

廊下を歩む。クラースの部屋で鳴っているならば、ここまで聞こえるはずのない音が聞こえる。

当然オルゴールなので歌はない。か細いメロディだけが、聞こえるはずがないのに聞こえる。

よく知った曲なので、そこに頭の中で、勝手に歌詞が乗る。

光り満ち花咲く麗しき愛の間へ
誠実な心のみ持ち歩み行かれよ
粛々と歩み行かれよ

それは正しき永久の道なり
汝らの誠の、永久の　の道なり

音が一つだけ、飛んでいる。


クラースの部屋の扉を開く。もう音はない。

「これです」

棚を開け奥から取り出し、表面のほこりを拭ってから差し出されたのは、美しい装飾の施された宝石箱だった。

クラースが受け取り、中の板を外し、音が出る部分をむき出しにする。

「……」

そこに並ぶ金属の歯の一本に、銀色の針が糸により固く結ばれている。

そのせいで櫛がはじかれても震えず、あの部分だけ音が飛んだのだ。

永久の『愛』の部分だけ。

「カミラ」

オリヴィアは彼女に呼びかける。

「見つけた」

『私を見つけて』

彼女もまたずっと、生前からずっと、そう願っていた。

隠した本心を。命がけで呪いたくなるほどの愛を。

夫だけが失ってしまった、かつて誓ったはずの永久の愛に気づいてほしくて。それを失った悲しみに気付いてほしくて。彼女はずっと、ここにいた。

彼女の死後アードルフが彼女を思い出し、ただの一度でもこれを鳴らしていたら、最初の十二月が来る前に人々はこの存在に気付いただろう。

『あれはカミラのオルゴールだ』と誰かが思い出していれば、これはとっくに処分されていただろう。

誰も思い出さなかった。悪鬼、悪女と決めつけて、誰も彼女の心を探さなかった。人々のそれが、カミラの呪いをこの屋敷に留め続けた。

カミラはもう、解放されたかった。だからオリヴィアに、ずっと伝え続けたのだ。『私を見つけて』と。

カミラとオリヴィアは似た者同士だった。いつだって、自分の本当の心を隠しながらでなくては生きられない者。本当の自分を見られたくないと思いながら、それでも大切な人に見つけてほしいと願った者同士。

「……あなたを見つけた。呪いはおしまいよ、カミラ」

呪ってしまったがゆえにこの屋敷に閉じ込められている、今もどこかにいるだろう彼女にオリヴィアはそっと呼びかけた。


外。

クラースがハンカチ越しに、針を持っている。

今日作った小さな雪だるまが守っている門に向かって歩み、それを通り越した瞬間、針が朽ちたかのように雪に似た銀の粉に変わり、きらめいて風に流れた。

鼻を赤くしたクラースが驚いたようにハンカチの中を見てから、振り向く。

踵を返し、オリヴィアたちのもとに歩み寄った。

「……終わったのだろうか」

「あとは、満月を待ちましょう」

「……」

「大丈夫。きっと。彼女はもうここにいない。……そんな気がするの」

オリヴィアは天を見上げる。もう雪のやんだ、光のある冬の空。そこを振り向き、振り向き詫びながら、誰かが天に昇っていくような気がしてならなかった。


そして、満月の夜。

「本当にこちらでお眠りになるの？」

「ああ」

「風邪を引いてしまうわ」

「こんなに厚く重ねれば、寒くもないだろう」

「そう？」

オリヴィアの部屋の前に、ミノムシのようになったクラースが横たわっている。

「ではまた明日の朝お会いしましょう。旦那様」

「ああ」

扉に手をかける。

「オリヴィア」

「はい」

オリヴィアは振り向いた。

じっと、水色の目がオリヴィアを見ている。

「……なんでもない。暖かくして眠ってくれ」

「はい。クラースも」

扉を閉め、寝台に上がった。

緊張して眠れないかと思ったが、案外あっさりと、オリヴィアは眠りに落ちた。

八章

満月のあと

Ms.Olivia
dies when she is loved.

朝。

この家の主人クラース＝オールステットはあれから一睡もできずに寝具にくるまり、目を見開き、その扉が開くのを、今か今かと待っていた。

愛しい人。可愛らしい彼女の姿がそこから現れるのを、今か、今かと。

「……まだですか、旦那様」

「……まだだ」

「……」

それぞれの部屋で同じ状況だったらしいトビアスとコニーが目を赤くして歩み寄って来た。クラースは立ち上がる。

「……開けるか」

「……」

「……」

嫌な予感に押し黙る男たちの前でノブが動き、扉は内から開いた。

大理石のように滑らかな色白の頬。深みのある緑色の瞳。いつ見ても微笑んでいるやわらかな唇。どうしたらこんなにつやつや光るのだろうといつ見ても不思議になる、美しい栗色の髪。朝日の中にそれらが照らされ、きらめきながら眩しく浮かび上がる。

「おはようございます。お寝坊して申し訳ございません」

耳に心地よい高さの、優しくまろやかな声。

クラースは一歩、足を踏み出した。

クラースを見上げ微笑む彼女の体に腕を伸ばし、強く抱き締める。

「おはよう。オリヴィア」

「おはようございます旦那様」

くすっと笑って彼女がクラースの目元を優しく撫でた。どうやら自分は今泣いているらしい。

「オリヴィア」

「はい」

輝いて見えるその瞳を、じっと見つめる。

「私は君に、ずっと言いたいことがあった」

「なんでしょう」

自分を見つめる優しい瞳を見据えて、クラースは言う。生まれて初めて。

「あなたを愛している」

とろけるような可愛い可愛い顔で微笑み、妻は答えた。

「嬉しい。……ずっとそれをあなたから、あなたの言葉で聞きたかったの」

「……」

愛しい人を腕に抱く。もう離す気はない。

お家に帰りたいと言われてもなんとかして口説き落とす。世界の新旧、全ての愛の言葉を並べてでも、この人に自分を好いてもらいたい。

「クラース」

「はい」

「わたくしもあなた様を愛しております。このまま妻として、ここにいてもいいかしら」

「……はい。お願いします」

「どうして敬語なの」

クラースの妻が腕の中で笑う。可愛い。好きだ。愛している。もう、そう言っていい。

クラースはもうこの愛しい人を、心のままに心から愛していい。

「奥様！」

廊下の先から誰かが走って来た。ヨーゼフだ。

「どうしたの？」

「庭の花が……」

もう離さないと思っていた腕を振り切って走り出した妻の後ろを追いかける。

オリヴィアは走る。

庭に出た。雪をよいしょとかきわけて、小さな冬の花、白・青・赤の花弁がそれぞれ揺れている。

「ラパルの花……」

コニーが呟き、オリヴィアを見た。

「棺にと言っていた、あの。……自作されておいでですか」

「お庭にあれば手っ取り早いかと思い。必要なくなったけれど。……ああ、やはり」

オリヴィアは天を見上げた。

呪いを行ったものもまた、呪われるのだろう。

カミラは花が好きだった。それだけが彼女の、心の拠り所だった。

だからこそそれは奪われた。呪ってしまったから。


ようやくこの男たちの屋敷から、自らがかけてしまった呪いから解放され、天に消えたその魂を想う。なんの咎もなく突然にこの世から奪われたクラースの父の前妻とその腹の中の子のことを思えば、それは仕方のない、報いであると思うしかないのだろうか。

「クラース」

「はい」

「わたくしあなたが浮気なさったら、まどろっこしいことなくいきなり頬を張りますので、よろしくお願いいいたします」

「わかりました。絶対しません」

「わからないわよ。真実の愛に出会ってしまうかも」

「……もう出会った」

手を取られ、そっと握られた。彼を見上げれば、彼はオリヴィアを見ていた。

「出会ったよオリヴィア。これまで自分の全てだった屋敷を燃やしたくなるほど焦がれた、言葉では言い表しがたい、何かに」

「……」

風が吹いた。

オールステットの屋敷に朝日が満ちる。

ラパルの花が可愛らしく、わわわわ、と揺れている。


コニーとトビアスは、白い息を吐きながら白い箱を運んでいる。

棺だ。良い香りのする白い木で作られ、安らかな眠りを願う花の彫刻がしてある。

それを倉庫から出し、屋敷の裏の落ち葉などを燃やす石造りの場所の前に運んでいる。

どんとそれを置き、斧をコニーは手に取った。チラとトビアスを見る。頷き合い、勢いよく斧をそこに向かって振り下ろす。途中で真っ二つになったので、半分をトビアスに預ける。

『無事に死んでくれ』。その自分たちの願いの象徴のようなそれを、コニーとトビアスは無言で刻んでいる。

普段運動なんてしないので息が上がってきた。ジャケットを脱いで近くの木にかけ、袖をまくり首元のボタンを一つ外す。

『死んでくれ』、『死んでくれ』。誰かにそう願った自分を、恥じようとは思わない。確かに自分は心からそう願った。オールステットの血統を、才能を、この世の未来に残したかったから。

汗がこめかみを通り過ぎ流れ落ちた。一度顔を上げ、手の甲でぬぐう。

木っ端微塵になったそれを一か所に集め火をつけようとしたとき、その人はその場に現れた。足を止め、自分が入るはずだったその白いものの亡骸を、深緑の目でじっと見つめている。

コニーはかがんでいた体を伸ばす。言い訳はない。するつもりもないし、彼女もしてほしいとは思っていない。これは皆が最初からわかっていたことだ。

「もし、燃やすのならば」

そっと彼女が微笑み、蠟で封をされた封筒を差し出した。

「どうか、これもいっしょにと思いまして参りました」

「なんですか？」

問うたコニーを彼女は見た。微笑んで。

「手紙です。コニーさんに、最後に金貨と一緒に家に届けてほしいとお願いしていた」

日の光に栗色の髪がやわらかく揺れ、深い緑の瞳がコニーを映す。

「ご準備されてらしたんですね」

「はい。何度も書き直しました。でも、もう必要ないから」

差し出されたそれを、コニーは受け取った。

「わかりました」

棺だったものの上にそれを置き、火をつける。三人の前で徐々にそれは燃え上がり、赤々とした光を放つ。

やがて一番上に置いた紙にそれは燃え移った。棺よりも早く、身をよじるようにしてそれは焼けていく。

この人が最期に、最愛の家族に宛てて書いた手紙。なんだか少しその中を見たいような気がしたが、それはそこに書かれた言葉を誰にも教えずに、やがて灰になり音もなく風に舞い上がった。

それが飛んでいくのを見ていた三人は、互いに目を見合わせた。

あの扉の前で出会い、半年が経った。あの日、この三人で始めた半年間だった。かつての共犯者たちの前で、それぞれの罪の証拠がちりちりと灰になっていく。最後のかけらが炎の力を失い細い白い煙を吐いたのを見てから、コニーは微笑んで奥様を見た。奥様も微笑む。この方との半年の付き合いはもう終わった。そしてもうそれは半年ではない。

「お部屋のお片づけは終わったんですか？」

「逆ですよコニーさん。片づけたのをまた出しました」

にっこりと奥様は微笑む。コニーは伸びをした。

「そうでしたね。ああ、腰が痛い」

「こっちのほうが痛いわい若造が。腹が減りましたなあ」

「もうすぐお昼ですよ」

「きっと今日は昼が豪華ですよ。ジェフリーが張り切ってましたからね」

「楽しみですね」

灰を手分けして片付け、奥様と使用人たちはそこを去る。

短い影が三つ、オールステットの屋敷の裏に並んで揺れている。


オリヴィアは、窓の外を見ている。

いつ来るだろうか、いつ来るだろうかと頬を染めて、待ち人を待っている。

溶け残った雪が端に残る道の先から大きな馬車が見え、胸が跳ねる。

それを迎えるためにオールステットの門が開く。オリヴィアは勢いよく、淑女としてははしたないことに、廊下を走る。

玄関に走る。女性と、子どもが二人、ちょうどその扉をくぐったところだった。

お日様の光のような、きれいな、揃いの金色の髪。

元気そうなその顔を見て、涙がぽろぽろと零れた。

「お母様……ブライアン！　キャサリン！」

はっと顔を上げ、子どもたちが顔を赤くし歓声を上げながらオリヴィアに走り寄る。

膝を落とし、腕を広げてその体を迎え、抱き留める。覗き込み、頬がふっくらし、髪がさらさらとしていることを確認し、また抱き締める。

「会いたかった……」

「どうして急にいなくなっちゃったの？　姉さまがいないとキャサリンの髪がつまらない三つ編みだけになるのを姉さまはご存じのはずだわ！」

「……ごめんなさい。急なお仕事があったの」

「……」

七歳の妹キャサリンが涙目で頬を膨らませるのに対し、九歳のブライアンは何も言わない。

ブライアンは大人びた聡い子だ。オリヴィアがもう帰ってこないと母が内心思っていることを、横で彼は察していたのだろう。ただひたすらに、オリヴィアにしがみついている。

泣いてはいけないと思うのに、それを見ると涙が止まらない。金色の髪を何度も何度も撫でる。

コツ、と音がしたので顔を上げた。

「お母様……」

母の顔が白い。だが最後に会ったときよりも、ふっくらとしている。

「オリヴィア」

静かな声に、オリヴィアは立ち上がり、姿勢を正す。

「はい、お母様」

じっと、母の一見冷たくも見える青い目が、オリヴィアを正面から見据えている。

「母が、あなたに、家族のために身売りしてほしいと思っていると、そう思いましたか」

「……」

「そのために、あなたを育てたのだと思いましたか。育てた恩を返せと、あなたに思っていると思いましたか」

「……」

母の腕がオリヴィアに向かって伸びた。母の顔がとても怒っているように見えたので、一瞬オリヴィアはびくりとした。初めて、母に叩かれるのかと思ったのだ。

伸びた母の手のひらは優しくオリヴィアを撫でた。

そこにあることを確かめるように。その形を確かめるように。初めて出会った、あの日のように。

母の青い目から、ぽろぽろと涙が落ちた。

「母親が自分の娘に、そんなことを思うはずがないでしょう。ごめんなさい、オリヴィア。家族が大変なときにまるで役に立たなかった情けない母親を、そこまであなたを追い詰めた愚かな母を……どうか、許して」

「……」

「心細く、怖かったでしょうオリヴィア……あなたはとても、怖がりな子ですもの」

オリヴィアの手を両の手で包み、涙を零す母に、オリヴィアは抱きついた。

それにキャサリン、ブライアンがくっつき、家族でお団子だ。

そんな家族を、優しく、穏やかにオールステットの紳士たちが見守っている。


食堂。

向かった先に広がる光景に、キャサリンとブライアンが歓声を上げた。

今日の屋敷の中は朝からずっといい匂いがしていた。テーブルのうえに並べられた、数々の料理、お菓子、フルーツ。

「ようこそ、オールステットへ」

皿を運びながらウインクし甘く笑いそう言ったジェフリーに、キャサリンと、ブライアンの頬まで赤くなった。彼のあの魅力は、どうやら男子にまで通じるらしい。

「お好きなものを取り、お好きな場所で食べましょう。堅苦しい席順なんか考えずに」

コニーが言う。オリヴィアはそれを許可したのだろう夫を、感謝を込めて見る。

彼は視線に気づき、その穏やかな目でオリヴィアを見つめ、嬉しそうに笑った。

なお彼は今日はちゃんとした服を着て、髪を結んでいる。もちろん寝ぐせもなしだ。

男性陣の中では一番若いが、ちゃんと主人に見えている。

お言葉に甘え、家族たちの間に座った。キャサリンとブライアンが隣に座り、母も座る。子どもたちは立ったり座ったりを忙しく繰り返して美味しそうなものに目移りし、ほくほくした顔で皿を持ってきて、口に入れて歓声を上げる。

こんなことがあったんだよ、あんなことがあったんだよと、半年間の空白をオリヴィアに我先に話す。

デザートを取りに行くと二人が連れだって席を立った。しばし、オリヴィアは母と語る。

「パトローニ商会に身を？」

「ええ」

母からその名を聞き、思わずオリヴィアは手を止めてしまった。

アシェル商会の最大のライバルだった家の名前だった。あの仕事は最後まで、アシェルかパトローニかと言われていたものだった。

「あそこの奥様とは、何度も仕事で顔を合わせていたわ。敵ながらあっぱれと思う、豪胆で、繊細で努力家な方。あの商会のボスは、実は奥様なのよ」

「そうでしたの……」

「……長年の互いに真剣な戦いの中で、いつの間にか育っていたものがあったのね。あの方はわざわざ人を使い、わたくしたちの所在を必死で探していてくださったらしいの。『明日はわが身。仕事に有益なものがあると知りながらそれを使わないほどわたくし、算術が不得手ではなくてよ』

母はツンと誰かの物真似をした。知らない相手なのにそれが似ているような気がして、オリヴィアは笑う。

「布と宝石の目利きは、お父様ですらお母様には敵わなかったもの」

「ええ。そうだったわね」

ふっ、と二人は父を思った。

「舟花《ナーヴエオラ》は流しました」

言ったオリヴィアを母が見る。母はほっとしたように微笑んだ。

「よかった。ずっと気にしていたわ。ありがとうオリヴィア」

「夢に出た？」

「まだ。途中途中の島でぶらぶらしているのではなくて」

「新しいものを買い付けに」

「あの人らしいこと」

母の横顔を見る。新参者だ。まだお休みの希望も出しにくいのだろう。

肩身が狭いのではないだろうか。そうは言ってもかつての商売敵の家。きつく当たられたり、嫌な言葉を投げられたりはしていないだろうか。

他人よりも家族の家にいたほうが、ずっと楽なのではなかろうか。

「……」

「オリヴィア」

「はい」

母がオリヴィアを見据える。女主人の顔で。

「すでにあなたはアシェルとは別の家名を持つ、オールステットの女主人です。家のものに示しのつかない理由と際限のない甘やかしを、かつての家の者にしていい立場ではありません」

「……」

ふっとやわらかく母が笑う。

「その気持ちだけもらっておくわ。でも大丈夫、よくしていただいているから。あの子たちも学校に通えているし、仲良しができたのよ。子どもって柔軟だわ」

「……よかった」

涙を落とした娘を、母の手が撫でる。

と、そこに、男が現れた。銀色の髪の、水色の目をしたこの家の主。

立ち上がろうとする母を、彼の手が制する。

「クラース＝オールステットと申します」

「ご挨拶が遅れ申し訳ございません。ドロシア＝アシェル、オリヴィアの母でございます」

オリヴィアは立ち上がり、夫の隣に座り直した。

おもむろに、真剣な顔でクラースが口を開く。

「このたびゃ…………」

「……」

「……」

「よくあることよ。あまり気にしないでクラース」

どうどう、とオリヴィアは、大事な話の出だしで噛んじゃった夫の背を撫でた。舌を盛大に噛んだらしく口を左手で押さえながら、右手を上げ頷き、クラースがそれに答える。

そんな二人を、母の目が穏やかに見ている。

一度水を口に含み、クラースが改めてきりりと顔を上げた。

「このたびは事前に何のご挨拶もなくお嬢様をこの屋敷にお迎えしたことを、どうかお許しください」

「この国では十六を超えれば己の名で契約が交わせます。ましてこの子はアシェルの子。契約書への署名の意味を誰より知っております。オリヴィアがそうと決め、自らの責任において取り交わした約定に違いない行いなのであれば、ほかの誰に、何の文句が言えましょうか」

一瞬言葉を飲み、クラースはオリヴィアを見た。

こういう人なのよ、と、その目を見ながらオリヴィアは微笑んだ。

うんと頷き、クラースは襟を正し顔を上げた。

「順番が逆になりますが、お母様」

「はい」

「オリヴィアさんと結婚させてください」

クラースが頭を下げたので、オリヴィアも倣った。

「……」

静かに母が、クラースを見ている。

「オールステット様は、娘を愛しておられるのでしょうか」

クラースが頭を上げ、母を見る。

「はい。愛しております」

「……」

『君を愛していない』。かつて何度でもそう言っていた男の真剣な横顔を、オリヴィアは見る。

「お差支えのない範囲で結構ですので、オリヴィアのどのあたりを」

「可愛らしいところを」

「……」

「賢く、我慢強く、責任感があり勤勉で努力家なところを。思いやりに溢れ、人に優しいところを。愛情深いところを。繊細で意外と怖がりなところ、ときどき少女のようになるところ。ときどき泣き虫なところ、全てを」

「……」

「……」

「私はこの方に隣にいてほしい。泣きたいときは我慢せずに泣いてほしい。何かが怖いならば怖いそれから守りたい。頑張りたいならば応援したい。たくさん、心から、笑っていてほしい。私の何を差し出しても、彼女に幸せになってもらいたい。まったく言葉が足りないのです。この胸の気持ちを表す言葉を世界に探しても、未だに全てを正しく見つけられない。そのもどかしさ、苦しさを含め、人はそれを『愛』と呼ぶのだと考えました。私はオリヴィアさんを愛しています」

「……」

涙を零したオリヴィアを母は見た。ハンカチでぬぐい、にこりと笑って頷く。

オリヴィアが愛したのは、こういう人だ。

母が深く頷き、ゆったりと微笑む。

「わかりました。夫に代わり、オリヴィアの母ドロシアが娘の結婚を認めます。長い人生、いろいろなことが起こることでしょうけど、この人を明日失うかもしれないと思いながら、毎日、互いを大切にしてください」

「はい」

「はい」

　クラースの手がオリヴィアの手を取った。見上げ、目が合い、微笑む。

「エッチ！　姉さまを離せ！」

　後ろから声がした。ブライアンだ。キャサリンもクラースを見ている。クラースが振り返り、きょとんとする。

「エッチなことはしていない私は彼女と手をつないだだけだ」

「男と女でつないだらエッチなんだ。大人なのにそんなことも知らないのか」

「それは知らなかった。失礼、君は知識人だな」

「あっちいけ。姉さま大丈夫？」

「ブライアン」

「はい」

「キャサリン」

「はい」

　一度離れたクラースの手を、オリヴィアは取った。

「姉さまはこの方が好きなの。姉さまの好きなものを、二人もいっしょに大事にしてくださらないかしら。大好きなあなたたちに自分の好きなものを嫌われたら、姉さまはとても悲しいわ」

「……」

じとっと子どもたちはクラースを見た。それからブライアンが眉を下げてオリヴィアを見た。

「……姉さまは、新しいお家にいっしょに住まないの？」

「いっしょに帰ると思ってたのに」

「寂しい思いをさせてごめんなさい。姉さまは、もうこの方のお嫁さんなの」

「……」

「……」

しゃがみ、そっとそのやわらかな金色の髪を撫でる。

「いつでもここに遊びに来て。いつだって歓迎するわ。新しいお家では、あいさつは大きな声ではっきりとできていて？　毎日、お勉強とお仕事をしっかりね。あなたたちは頑張り屋さんだからきっと心配ないと思うけれど。誰かにいじめられたらすぐに姉さまに言いなさい。姉さまがやっつけるわ」

オリヴィアは二人をぎゅっと抱く。

「泣きたいときでも、怒りたいときでも、楽しいときでも嫌なことがあったときでもいい。いつでも来てちょうだい。姉さまは待っています」

「こちらからも定期的に何か手土産を持っていこう。姉さまはもう自由に外に出られる」

「これまでは出られなかったの？」

「失言をした」

ブライアンに驚きの顔で見つめられ、クラースが口に手を当てる。

それをくすくすと笑っているオリヴィア。そんなオリヴィアを見つめるクラースの眩しそうな顔を見て何かを納得したらしく、ブライアンはうんと頷いた。

「わかった」

ブライアンはオリヴィアの腕を抜けクラースの前に立ち、きりりと彼を見上げた。

「……姉さまを守ってね。本当の幸せにしてね。本当の本当に、お願いだよ」

涙を浮かべて真剣にクラースを見上げるブライアンの前に、クラースは真剣な顔で膝をついた。

「それは私の、心からの願いでもある。アシェル氏、私は私の人生の全てをかけ、常にそうなるための努力を怠らないことを、君という紳士に誓う」

「……」

その目と言葉になんらの嘘もないことを、小さな紳士は悟ったのだろう。彼らは近しい。

ブライアンとキャサリンは椅子に座り、きれいな手つきでデザートを食べ始めた。

なんだか少し、大人になったみたい、とオリヴィアは微笑む。

「後日、結婚式の招待状をお送りいたします」

クラースがドロシアに言う。

「わかりました。本日はお招きありがとうございましたオールステット様」

「お越しいただきありがとうございました。彼女の心からの笑顔が見られて、私は非常に嬉しい」

隠しようのない嬉しさに満面の笑みになっているクラースを見て、ドロシアはふっと微笑み、そっと目を伏せた。

「コニーさんが家に金貨五十枚をお持ちになったとき、わたくしは当然思いましたわ。『アッペルトフト娼館の者です』とおっしゃるのだろうと」

「……」

「家の中、ベッドから立ち上がれないわたくしを見て、あの方はわざわざ薬と、食べ物を買ってきてくださった。きっと伝えるおつもりでなかったオールステットの名をわたくしに伝えて。娼館の者ではない。詳しい事情は言えないが、おそらくもうお嬢さんはこの家には帰れない。だが少しでも楽しく快く毎日をお暮らしになれるよう努力する。我が家の主人、お嬢さんの夫は優しい人だから、それだけはどうかご安心くださいと」

「……」

「あの子に、お声をかけてくださって本当にありがとうございました。……金貨五十枚を持った使者からアッペルトフトのおぞましき名を聞いていたらわたくしは、たとえ目の前に金貨が何枚あったとて、きっともう、生きてはいかれなかった。……あの子がわたくしたちを、パパ、ママ、と呼ぶまでに一年、時がかかりました。必死の目でわたくしたちを見て、震えながら、おずおずとあの子が初めてわたくしたちにそう呼びかけた日、わたくしたちがどんなに喜んだことか。あの子はわたくしたちの娘。アシェル家の長女でございます」

クラースに深くお辞儀をして、彼女は子どもたちの世話に戻った。

彼女たちを門で見送って、クラースとオリヴィアはなんとなく庭を歩いている。

「薔薇がきれいに咲いたね」

「ええ。クラース」

「なんだい」

やわらかな声に呼びかけられたのでクラースは足を止め、その美しい色の目を見つめる。栗色の髪が風にそよぎ、きらきらと光っている。

「愛しています」

とろけたように微笑むその顔。優しい声。姿を見るたび、声を聞くたびに胸にぶわりと、説明のしようがないほどに大きなものが湧き上がる。

「私もだ。愛しているよオリヴィア」

言いながら顔が微笑んでしまう。いつだってこれは自分では制御ができない。勝手に心と体を動かすのだ。


冬晴れの午後の澄み切った光の中、オリヴィアはまた人を待っている。

予想通り約束の時間ぴったりに、その人はオールステット家の門前に現れた。

姿勢を正し、礼をする。真面目そうなご婦人が、先日よりも明るい色を纏って背筋を伸ばし、そこにきりりと立っている。

黒い鉄の門越しにオリヴィアは微笑み、彼女は静かな表情のまま、見つめ合っている。

オリヴィアは歩み寄り、門に手をかけ、彼女を迎えるためにその錠を外した。

手をかけて引けば、きい、とかすかな音を立て、それはあっさりと開いた。

初めて間に何も置くことなく、二人は互いを見つめながら、晴れ晴れとした顔で向き合う。

「ようこそ、オールステットへ」

コニーの姉アマンダは笑った。ほんのわずかに唇の端を上げただけだったが、満足そうに。

「本日はお招きありがとうございます、奥様」

「御足労をおかけし恐縮でございます。コニー様も中でお待ちですわ」

「逃げないよう縛っておいてくださっていて？」

「もう大人ですのでその必要はございませんでしたわ。本日は我が夫クラースも、アマンダ様にご挨拶したいと申しております」

「恐縮ですこと。こちらこそ長年お世話になっておきながら御礼がお手紙のみで。機会をいただけ嬉しく思います」

廊下を歩み、南の暖かい部屋へ。

紳士が二人。トビアスは今日用事で外出している。

「初めまして。クラース＝オールステットでございます」

普段よりもちゃんとした服を着たクラースが立ち上がって言った。アマンダが礼を執る。

「アマンダ＝エッジワースでございます。オールステット様には本来こちらからご挨拶すべきところ、長年の無作法をお許しください」

「いいえ」

クラースが彼女越しにオリヴィアを見た。オリヴィアは頷き、微笑みを返す。クラースの目が和らぎ、彼女に戻る。

「これまで、長らくこちらの事情がございましたので」

「寛大なお言葉、感謝いたします」

そっとアマンダが言った。何事もなかったかのように、さらりと。

大人はよその家の事情に踏み込まない。たとえそこで何があったかを、全て知っていたとしてもだ。

「やあ、姉さん」

そう言って片手を挙げたコニーを、アマンダがツンとした顔で見る。

「先日の話、考えてくれたかしらコニー」

「何の話でしたっけ。最近めっきり記憶力が」

「それはまだ早いのではなくて」

言いながらアマンダが勧められた席に着いたときノックの音がした。

「どうぞ」

答えれば、ジェフリーがワゴンを引いて入室した。

可愛らしいお菓子がいっぱいに乗っている。ピンクの生地の上に飾り切りされたイチゴのお菓子は初めてだ。

「ようやく市場に並ぶようになりました。春の味を味わってください。美しいご婦人方」

片目をつむってジェフリーが言う。じっとアマンダがそんなジェフリーを見ている。

きれいに並べられた数々の美味しそうなお菓子、お茶。種類が多くて、どこから手を付けようか、悩むほどである。

全てテーブルに並べ、ジェフリーが一礼し、部屋を去った。

「さて、男どもは退散しましょうか旦那様。ご婦人方の優雅なティータイムを邪魔しちゃいけません。きりきりと仕事に戻りましょう」

「ああ。何かあったら声をかけてくれオリヴィア」

「承知いたしました。お心遣いに感謝いたします」

コニーが逃げるように、クラースはのんびりと部屋を去った。

「また逃げたわ」

「どうやら湊は拭ききれておりませんわね」

くすくすと笑う。

「オリヴィアさん」

「はい」

声をかけられ顔を上げる。大人の女性の、優しい目がオリヴィアを見ていた。

「おめでとうございます」

「ありがとうございます」

派手に飾られた言葉は何もなくとも、真摯なねぎらいの心は染み渡るように相手に伝わる。オリヴィアも心からの感謝を込めそれを受け取り、礼を返した。

座り、飲み、話す。どのお菓子も美味しい。進む食、お茶、世間話、街の話、研究所の話。流れでふと先日の二人のダンスの練習の話をしたら、彼女は堪えきれないといった様子で、ついに声を上げて笑った。

やはりこの方は弟を愛しておられるとあたたかな気持ちで思いながら、和やかに久方ぶりの女らしい女の会話を楽しむ。

「……奥様」

「はい」

深い茶色の目がオリヴィアを見ている。

「コニーをどうぞ、よろしくお願いいたします。どうやらあの子はわたくしが思っていた以上にオールステット、いえ、クラース様に惚れこんでおりますね」

オリヴィアは微笑んだ。

「申し上げましたでしょう。オールステットの男性陣の仲の良さは、妻が嫉妬するほどです」

「まさかあそこまでとは思いませんでしたわ。……弟はこちらで、旅をしているのだと申しておりました」

「旅？」

尋ねるオリヴィアを、アマンダが微笑みながら見据える。

「ええ、旅。自分では本来歩めなかったはずの道の先を歩む、クラース様の荷物持ちの旅を。あの人の荷物を持てる男がこの国に何人いるのだと、えらそうに申しておりましてよ。まったく意識が高いんだか低いんだか。恥ずかしいこと」

「……」

オリヴィアはティーカップを置き、姿勢を正してからアマンダに頭を下げた。

「……何がありましたかしら」

「大切なご家族を長らく我が家に預からせていただいておりますこと、心から感謝いたします」

「……」

頭を上げ、オリヴィアはアマンダを見る。

「わたくしは夫の旅にはついては行かれません。その旅は険しく、数々の経験と知識、技がなければ渡れない道を数多く進む旅だからです。夫はきっと、一人でも構わずにそこを進むのでしょう。それがオールステット、いえクラースという人なのだと思います。わたくしはそこを行く夫の横に、並び共に歩んでくださる方がいることを、心から嬉しく思います。道の先に進もうとする夫を孤独にせず、いつでも顔を合わせ語り合いながら歩ける方が傍らにいることが、これまでどれほどに夫の心を癒し、励ましてきたことでしょう。うっかりすれば進みすぎ、帰り道すら忘れそうな夫のために、きっとその方は道に目印をつけて、光をかざして、いつも彼がちゃんとお家に帰れるようにしてくださっているのです」

「……そして旅を終え家に帰れば最愛の奥様が、微笑んで待っていらっしゃる。オールステット氏は幸せな殿方ですわね」

アマンダもカップを置き、正面からオリヴィアを見据えてから頭を下げた。

「その役割こそが今の自分の幸せ、自分の誇りなのだと、あの子の子どものような顔が申しておりました。どうかこれからも、コニーにそれをやらせてやってくださいまし。……オリヴィアさん」

「はい」

二人は顔を上げて見つめ合う。アマンダが優しい顔で微笑んだ。

「わたくしは、自分の言葉を取り消さなくてはならないようです。『愛』はやはり、生活に必要なものでしたわ。思い出させてくださってありがとう」


終始和やかに進んだ時間もついにお終いのときを迎え、オリヴィアは玄関まで彼女を見送った。

「今度はこちらでもてなしをさせてくださいませ。コニーに荷物持ちをさせていらっしゃって。逃げそうなら首に縄をつけていただいてかまいませんわ」

「承知いたしました、そういたします。本日は楽しい時間をありがとうございました」

彼女の背中を見送った。

ああ、たくさんお話してすっきりしたわと笑っているオリヴィアの後ろで、わずかに開けた扉から顔だけ出して見ていたコニーがほっと息を吐いた。

「見えてますよコニーさん」

「しまった。姉は何か言っておりましたか？」

「今度はエッジワースのお屋敷でお茶の予定になりました。コニーさんもわたくしの荷物持ちとしてご参加いただくことも決まりましてよ」

「残念です。その日はあいにく予定がございまして」

「まだ日が決まっておりませんわコニーさん。逃げようとしたら首に縄をつけていい許可もいただきました」

「まるで犬の散歩ですね」

「ええ。そうですね」

二人、想像し、その滑稽さに笑う。怒られた子どものように、コニーは頭をかきながらため息をついた。

「なるべく遠い日だといいな」

「往生際が悪いですよコニーさん。さて、どうでしょう」

そうしてまた、それぞれの仕事に戻る。

オールステットは今日もにぎやかで美味しくて、平和である。


また別の日。廊下を歩んでいたオリヴィアは、トビアスと、その後ろを歩む老齢の医師に出会い、礼を執ってから声をかけた。

「クラースの定期健診ですの？　トビアスさん」

「はい、奥様」

医師は皺に埋まった小さな、だが奥に鋭いものを宿す目でじっとオリヴィアを見た。

オリヴィアも微笑みながら見返した。この人の果たすべき仕事を、自分が奪ったことを、オリヴィアは知っている。

見つめ合い、互いにそれ以上何も言わず、すれ違った。

風が吹く。

心の全てを言葉にすればいいというものではない。言葉になっていない隠れたものを探し合うのも、また楽しいのだ。

九章

永久の祝宴

Ms.Olivia
dies when she is loved.

「本当に新しいものを買うの？」

馬車の中。クラース、コニー、オリヴィアが揺れている。

「ええ。今日はお店で、一番高いのをどうぞ」

「もったいないわ」

「何しろ予算が金貨五十枚ほど浮いておりますので。それに今度の結婚式は、オールステット家の夜明けの披露会でもあります。その旗印として、奥様はどうぞ心ゆくまで美しく装ってください」

「盛大にはためかなくてはならないのですね。そういうことなら張り切りましょう」

「……春の服も買ってください。必要でしょう」

「ええ」

コニーとオリヴィアは目線を交わした。

そこにもう共犯の色はない。ただただ穏やかな、戦いを終えた戦友のような親愛が満ちる。

「さあ着いた。今日はアドリアーノ氏も張り切ってるだろうな」

「先日お屋敷にいらした方ですか？」

「はい。今日のことは事前に言ってあります。おっとご覧ください普段ならいないドアマンが立ってますよ」

馬車を降り、恭しくお辞儀をされながらオリヴィアたちは入店した。広い。天井が高い。歴史を感じさせるお店だった。

「いらっしゃいませ、オールステットの奥様」

長年の客商売が染みついた隙のない笑顔で、アドリアーノ氏がオリヴィアを迎える。

今日もバチバチと、そこには同族だけにわかる緊張感が満ちている。

「お待ちしておりました。これぞというものを選り分けてございます。無論奥様のイメージで」

「まあ嬉しい。拝見いたします」

その一角を見る。ああもう今日も強欲。とっても強欲。オリヴィアは腹の底から楽しい。アドリアーノ氏を振り返る。野生の獣の目で。それを知っていながらも知っていることを決して表に出さぬ商売人の目がそれを見つめ返す。

「試着をしてもよろしいですか？」

「はい、何枚でも。係のものを呼んでまいります。本日は針子も呼んでありますので、決まりましたら即座にその場でサイズをぴったりに調整いたしましょう」

「あら、後から気が変わっても返品できなくなりますわね」

「迅速対応をモットーにしております。本日は協会より腕の良い針子を呼んでおりますのでご安心ください」

「あらわざわざ高そうな人件費までかけていただいて。買わないわけにはいきませんわね。では遠慮なく」

ほほほ、ははははと笑う。互いに目が笑っていないことに、今日も二人とも気づいている。

二人の女性に鮮やかな手つきでドレスを着せてもらい、オリヴィアはクラースたちの前に立った。

「正統派。どうでしょう」

「可愛い」

着替える。

「今どきのこちらは？」

「可愛い」

着替える。

「少しクラシック」

「可愛い」

「いや驚いた。これほどまでに何の参考にもならない感想しかおっしゃらないお方を初めて拝見しました」

「今日、なんでついて来たんですか、クラース様」

「可愛い」

結局オリヴィアの意向で一枚を選んだ。強欲な品ぞろえはそれでも全て違うことなく『奥様のイメージ』通りで、選り抜かれたそれらからああでもないこうでもないと考えるのはとても楽しかった。

調整し屋敷に運んでおいてくれると言うので、オリヴィアたちは外に出て、少し歩く。

風は冷たいが、ワインレッドの毛織のコートを着ているので、寒くない。革のキャメルの手袋はやわらかく薄いのに指先が暖かいし、上等な毛皮の襟巻のおかげで首から風も吹き込まない。

街には当然、老いも若きも女性が歩いている。

前から同世代の華やかで女性らしい女性が歩いてきた。

さてどんな反応をするかしらと隣の夫を見た。彼はじっとオリヴィアを見ていた。拍子抜けしたような、ほっとしたような。

「なあに」

「今日は君の首がふわふわしているな、と思って。冬の猫のようで可愛い。似合っているよ、オリヴィア」

「ありがとう」

「ふう寒いのにお熱い。邪魔者は消えましょうか？」

コニーが手袋をした手でパタパタと手のひらで顔を仰ぎながら言った。

「コニーがいなきゃ馬車の場所がわからない」

「じゃああんまり見せつけないでください羨ましくなるでしょう。あーあ、本気で結婚を考えてみようかな」

「あらコニーさん、そういうお方が？」

白い息を吐きながら、コニーが笑って首を振った。

「『私と仕事、どっちが大事なのよ！』。そう言って頬を張られるのがいつものパターンですよ。とはいえ姉の勧める見合いを受けるのも癪だ。どうしたものか」

クスッとオリヴィアは笑った。

「なんですか奥様」

「わたくし穴場を知っているわ」

「あいにく金貨五十枚の用意がありません」

はっはっはと、皆白い息を吐きながら笑った。天を見て。あの日を笑える今日の幸せを噛み締めながら。

春の訪れを、待ちながら。

結婚式前夜。今夜はしっかりと眠って肌の調子を整えなければとオリヴィアは早めの時間に寝台に上がった。

緊張して眠れないかと思ったが、案外すっと眠りについた。

オリヴィアは海辺に立っている。海の先には白い霧が満ち、ざざん、ざざんと足を波に洗われている。横を見渡せば白い砂浜がどこまでも広がり、果てが見えない。

海鳥の声がする。思わず拾いたくなるようなきれいな色と形の貝殻が、あっちにも、こっちにも落ちている。

それを眺めていた顔を上げれば、いつの間にか海の上に小さな舟があった。白く光るその舟は、舟が動けるわけもない浅瀬で、漕ぎ手もいないのにすうっと、オリヴィアに向かって近づいた。

体格のいい男がそこから軽い動きで降りる。いつもの、精悍な顔で微笑んでいる。涙が溢れ、止まらない。オリヴィアは歩み寄り、その人の顔を見上げた。

「先にお母様のところには行きましして？」

男は微笑んだまま首を振った。

ああ、しゃべれないんだわと思った。声を出せるなら、彼は一番にオリヴィアの名を呼んだはずだった。

でも言っている。白い歯をこぼして笑うその顔が、いつものあの顔だ。

『見つけたぞオリヴィア』

震えて待つ人一倍怖がりな娘に、一番に、彼はこうして訪れた。

オリヴィアはその立派な体に抱きついた。周りに漂うのとは確かに違う、記憶の中の懐かしい、海のにおいがした。

「おかえりなさい。パパ。ずいぶん長い寄り道。……いいえ。きっと最後の一人まで見届けてから、……来たのね」

力強い腕に抱き締められる。ただいまオリヴィア、とその腕が言う。

その胸に子どものように頰を擦りつける。オリヴィアの涙がそこに染みていく。

この人のこの腕があの日オリヴィアを抱き上げた。この腕が、オリヴィアの、絶望とともに消えるはずだった命を拾ってくれた。きっとオリヴィアの一生には与えられなかったはずの愛というものを惜しみなく与え、人としての美しい生き方を教えてくれた。

「オリヴィアは明日お嫁に行きます。本当はもう行っているのだけど。挨拶できなかったことを怒らないでね。大事なときにいないパパが悪いんだから」

頭を撫でられる。大切そうに。心配そうに。

「大丈夫。パパとママに教えてもらった、わたしの目利きを信じて。素敵な人よ。パパとはちょっとタイプが違うけど。……とても、優しい人」

父は微笑んだまま頷いた。少しすまなそうな顔をしているのがおかしい。

「そんな顔しないで。大好きよ、パパ。……いつも、どこにいても……わたしを見つけてくれてありがとう」

再び抱きつき、顔を上げ二人とも相手の笑顔を見たところで、夢から覚めた。

朝だ。頬を涙が伝っている。

窓を開け、オリヴィアは外を見た。

世界には朝の清浄な、明るい光が満ちている。


そして結婚式当日。

ジェフリーは前日から仕込みで大忙し。応援で呼んだという、彼が昔働いていたお店の料理人が二人、挨拶に来てくれた。

「……そちらのお店は、ひょっとすると腕だけでなくお顔もよろしくないと、料理人にはなれないお店ですの？」

目元に泣きぼくろのある垂れ目の、長い金髪の男性。日に焼けいかにも真面目そうな、短髪で目の鋭い男性。水を持ったり粉を持ったりなんやかんやと力を使うからだろう。揃って腕がたくましい。

「ただの偶然です奥様。こいつらとは働いているうちになんとなく気が合って。まあ料理人目当てに通う人もいましたけどね」

「ジェフリーはそれが嫌でやめたんですよ。奥さんに怒られるからって」

「俺としては顔じゃなくて味を見てほしかったんだけどね」

「言ってろ」

三人並んでいるとすごい。なんというかこう、絵面が強い。バチバチする。

「勉強家で腕のいい奴らなんでご安心ください。このたびはおめでとうございます。奥様」

「……ありがとう」

飛んできたウインクと零れ出る優しさを、心から嬉しく思って受け止め、オリヴィアは微笑んだ。


料理人たちは引き上げ、廊下を歩む。

「男しかいないからってここにしたのに。あんな可愛い人が屋敷の中にいるって奥さんに言ってるのかジェフリー」

「言ってない。夫婦円満の秘訣は優しい嘘だ。それに」

料理人は彼女が消えた扉を振り向いた。

「心配御無用。彼女の美しいエメラルドの瞳は、ただ一人の男しか恋する色で見ていない」

「世界にはうらやましい男がいるもんだ」

「まったくだ」

あれはこうしよう、いや待てこっちのほうが。料理人たちが知恵を交わしながら廊下を進む。


ノックの音に返事をしてオリヴィアが扉を開けると、迫力のある美女がいた。

「ご無沙汰しております。奥様」

「……来てくださってありがとう。またお会いできて嬉しいわ」

背が高く声の低い髪結いはあでやかに微笑み、入室した。

「髪結いにして化粧師のアンドレと申します。奥様」

彼女は名乗り、礼をした。礼を返し、促され鏡台に座る。まずは化粧からだ。オリヴィアはそっと目を閉じた。

「……先日はお名乗りにならなかったわ」

「奥様のお荷物を、石ころ一つでも増やすのは気が引けました」

「ありがとう、気を使ってくださって。オリヴィア＝オールステットでございます」

「恐れ入ります。このたびは呪いをご自身の手でやっつけておしまいになったとか」

「……ただ、見つけただけですわ。運が良かっただけです」

「運も実力のうち」

「そういうことにしておきましょう」

彼女の手が、やわらかな刷毛が、そっとオリヴィアの顔を撫でる。

「今日は五割増しを目指しましょう」

「あら、まさか先日は、手を抜いていらしたのかしら」

「いいえ。私も半年で成長いたしましたので」

「楽しみだわ」

楽しくてつい口角が上がってしまう。目を開けて鏡を見るのは一番最後にしようと、オリヴィアは思っている。

「今日は全てお任せします。わたくし本日はオールステットの夜明けの旗印にならないといけないそうですので、どうぞ目立つように眩しくしてくださいませ」

「承知いたしました。元がいいからはりきりがいがありますこと」

ゆったりと、楽しく話しながら、オリヴィアの幸せな身支度が進んでいく。


オールステット家。

屋敷は普段の静けさからは想像もつかないようなにぎわいに満ちている。

正装した紳士たちが食事に舌鼓を打ちながら、上等の葡萄酒の杯を傾けている。

新郎新婦が現れる前から、賓客らは食事を始めていい。酒と食事が進み、ほどよく場がほどけたタイミングで、彼らはこの場に出てくることになっている。愛の神は人々の持つにぎにぎしさをお嫌いでない。

「今日は娘さんはご一緒じゃないのか?」

「怖がってね。『呪いは解けた』なんて言っているが、そんなのはオールステットの自称だからな。こんな場所にあの可愛い子を連れてこられるものか。一瞬でクラース氏に愛され、呪い殺されてしまう」

「奥様が十二月に死ななかったのは、クラース氏が単に奥様を愛してないからとも考えられる」

「確かに。念のため私も、今日は一人参加ですよ」

「奥様は確か今年五十歳では？」

「歳なんか関係ないかもしれないでしょう。彼は女を見てないんだから」

普段オールステットに煮え湯を飲まされている研究所の一同である。本音半分、やっかみ半分。

男同士で会話が弾んでいる。

「では本日披露の奥様は、よほどの御面相ということか」

「歳はいくつなんだ」

「十七だそうだよ。落ちぶれた商社の娘だとか」

「どこで拾ったんだろうな。その哀れな生贄は」

「贄の役割を果たしていないじゃないか。生きているんだから」

「確かに。十七歳なら石ころみたいな顔だって惚れられそうなものなのに。なんだか楽しみになって来たぞ」

はっはっは、と男たちが笑ったところで、新郎新婦が現れた。

白く長いベールを引き、華奢な体を美しく伸ばし、新婦がふわりと歩む。

隣に男が立っている。

「クラース氏はあんなだったのか。なかなかの美丈夫じゃないか」

「もっと幽霊みたいなのかと思っていたぞ」

普段クラース＝オールステットと顔を合わせていない男たちは、ぬめるように光る銀色の上質な服を纏う、銀髪の若き紳士を見て低い声でざわめいた。

手足の長い立派な体格、銀髪から覗く整った温和な顔立ち。そんな彼の水色の目は、隣の新婦だけを見ている。大きな手が新婦の手を優しく包み、導いている。

その視線の真摯さが、手付きの優しさが、彼の彼女への気持ちを如実に表している。

この人が愛しい。心から愛しいと、彼の視線、動きの全てが言っている。

「……」

息を呑んで見つめる人々の前で、新婦のベールが上げられた。

美しく輝く栗色の髪は丁寧に繊細に結われ、細く白いうなじが覗いている。

輝くようになめらかな色白の頬はわずかに上気し、赤い唇はつややかに輝きながら、幸せそうにその両端が上がっている。

長いまつ毛がかかる、知性の宿る深い緑色の瞳。それは溢れ匂い立つような愛情をたたえ、目の前の新郎を見つめている。

優雅な立ち居振る舞いひとつひとつに内にある積み重ねられた教養が滲み、まるで淑女の見本のようだ。

「……」

「……」

「……」

「……石ころは、うちのだった」

今日は娘を伴っていない男がぽろりと言った。

若き新郎新婦。彼らが見つめ合って立っているだけで、互いを大切に、愛しく思う心が見るものに伝わる。

ああ、この家の呪いは、このやわらかいものによって破られたのだと男たちは悟った。


音楽が響く。『永久』。

男たちは杯を置き、ナフキンで口をぬぐい、椅子を引いて立ち上がった。いろいろとパターンがあるが、この流れは賓客が歌うやりかただ。

皆、これまでにさんざん歌ってきた歌。お決まりすぎておざなりになりがちだが、驚きと、何か奇跡に立ち会った使命感のようなものが会場を包み、熱に変わっている。男たちは息を吸った。

粛々と歩み行かれよ
それは正しき道なり
それは汝らの誠の道なり

朗々と響く愛の歌の中で、新郎と新婦が目を閉じ胸に手を当て、愛を司る神にそれぞれ、心のうちでひっそりと永久の愛を誓う。愛の神は彼らに愛をお与えになる代わりに、男と女に慎みと自戒をお求めになる。

高い山、深い谷、狡猾な悪魔の囁き
恐れるな、道を行け、それは正しき道なり
光り満ち花咲く麗しき愛の間へ
誠実な心のみ持ち歩み行かれよ
粛々と歩み行かれよ

初々しく頬を染め、新婦が潤んだ瞳で新郎を見上げる。
それは正しき永久の道なり
新郎がそっと、妻を脅かさぬよう優しく、その長身をかがめる。
汝らの誠の、永久の愛の道なり
新郎と新婦の、誓いの唇が重なった。
男たちの謎の気合の入った大歓声が、伝統あるオールステットの大きな屋敷に響いている。

ラパルの花がそれを聞きながら楽しそうに、お庭でわわわわ、と揺れている。

そんなオールステットの屋敷を望む丘の上。

一人の老人が、しなやかな花弁を持つ繊細な薔薇の掘られた石の前でしゃがみこみ、そこに本物の白い薔薇を捧げた。

薔薇の石の下に眠るのは骨ではない。かつて彼にある女性が手渡した、レースのハンカチ。

十三歳だった新参者の洟垂れ小僧が、ある日の掃除中、廊下の壺を落として割った。自分の今の給金では何年かかっても弁償できないだろうそれのかけらを、涙と洟、よだれまで垂らしながらはいつくばって拾っているところに、彼女は現れた。

震える少年の血まみれの指に、彼女はそれを巻いた。『これはわたくしが生家から持ち込んだもの。わたくしが手違いで割ったことにします。気にせず行きなさい』と言って。『あなたはいつ見ても一生懸命働いているわ。まだ小さいのに、偉いこと』とほんのわずか、薄く微笑んで。

何年かが経ち、あの人が悲しそうな、寂しそうな、どこかが痛そうなお顔をしているとき、青年になった男は何も言えなかった。己の胸にある、上の方に対して決して持ち合わせてはならぬ気持ちに気づいていたから、彼は彼女に近づけなかった。彼はもう洟垂れ小僧ではなかったから。

あのとき思いを言葉にしていたらどうなっていただろう、と思わなかった日はない。だが言葉は、時間を遡ることはできない。

風に乗って聞こえる『永久』。かつての洟垂れ小僧で青年であった男は秘め続けたそれを、ようやくあのお屋敷から解放された大切なお方の墓前に、彼女が大好きだった花と共に捧げている。

おまけ

Ms.Olivia
dies when she is loved.

結婚式の夜と初デート

オールステット家の主クラースの結婚式の夜。つまり初夜。

オリヴィアの部屋に、クラースがいる。

ベッドではない。ものすごく部屋の端っこの床に布を敷き、ぽつんと膝を抱いて座っている。

「クラース」

「はい」

「あなたは何をしに、今妻の部屋にいらっしゃるの？」

純粋に疑問に思ってオリヴィアは聞いた。妻の責務として、オリヴィアはしっかりベッドで夫の訪れを待っている。

「…………………」

「聞こえませんよクラース」

「……初夜に寝室が別だと妻の恥になるとトビアスに聞いて」

「そうね。そして普通はいっしょにベッドに入るのよ」

ベッドを降り、オリヴィアはクラースに歩み寄った。

彼が敷いた布の上、クラースの隣に、オリヴィアも座る。肩が触れるとびくっと彼は身を引いた。

オリヴィアは悲しくなって眉を下げ、じっとその顔を見る。

「……もう、嫌いになってしまったの？」

「そんなはずがないだろう何を言っているんだ好きで好きで大好きで仕方ない同じ空間にいるだけで今にも心臓が爆発しそうだ！　君が泣きそうで胸が苦しいだが可愛いああ右側がざわざわする！」

「じゃあ、何故わたくしをあなたの妻にしてくださらないの？」

じっとクラースを見る。きれいな人だと思う。

「風邪を引いてしまうわ。とりあえずベッドに入りましょう」

「……」

ぐいぐいと引いて、ぼんと付き飛ばした。優しくだ。

「今日はこちらを向いて。夫に背中を向けられたら、妻は悲しいのよ」

「そうなのか……」

ふとんにもぐりこむ。戸惑いながらも腕を出してくれたのでそこに頭を乗せる。彼の顔が近い。

胸に耳が当たっているので、彼の胸の音が大きく聞こえる。

吐息まで感じる距離。クラースの体が温かい。なんとなく体温が低そうな見た目なのに、不思議だなと思う。暗闇の中でも、クラースがオリヴィアを見ている。

「君は、私が怖くはないのか」

オリヴィアは微笑む。

「あなたはわたくしを傷つけないもの」

「……手が勝手に動いたら、傷つけてしまうかもしれない」

「わたくしは傷つかないわ。それがあなたにされることならば」

闇の中互いの目を見る。

「今日はキス、上手にできましたね」

「……お客さんは、あれが初めてだとは思わないだろうね」

「本当に」

くすくすと笑う。クラースが振りだけにしようというのを、オリヴィアが押し切った。誓いのキスは神様の前でしなくてはいけないと思って。

そっと手をつないだ。あたたかい。だが、その先がわからない。世の女性たちはどうやって、夫を誘惑するのだろう。もっと調べておけばよかったとオリヴィアは思う。そういえばこれまで自分のお誘いは、ことごとく彼に断られてきたのだった。

とても困りながら俯くオリヴィアを、クラースが見ている。

「オリヴィア」

「はい」

「普通の恋人は、文通や、デートなんてのをするんだろう」

「はい。文を送り合って、交際のお申し込みをして、二人で出かけて。手をつないで、口づけをすると聞きます」

クラースの水色の目が、切なそうにオリヴィアを見る。

「私は君と、そういうことがしたい」

「……」

「結婚するまでの、大切な過程を全て省略してしまった。有無を言わさず突然君を力ずくで私の妻にしてしまった。知人や、友人や、恋人になるよりも早く。君は責任感の強い人だから、きっと早くオールステットの子を産まなくてはと思っているんだろう。受けた恩を、そうやって早くオールステットに返そうと。私は君に、そう思ってほしくない。見返りなどいらない。いや、君がここにいてくれるだけで、私は充分にそれを得ている。すでにもらいすぎなほどだ」

きゅっとつないだ手に力がこもる。

「私は君と恋をして、ちゃんとした手順を踏んで、夫婦になって、愛し合いたい。どうか君に私の、初めての恋人になってほしい」

「……」

この人はいつもこうだわ、とオリヴィアは思う。

ちゃんと隠れているはずなのに。真実を見つけるためのその水色の目は騙せない。

『見つけたよ、オリヴィア』

いつも、いつもこうなのだ。オリヴィアは愛しい夫の銀の髪をそっと撫でた。

ポロリと零れたオリヴィアの一粒だけの涙を心配そうにクラースが見ている。そっと指で拭い、笑った。

「では、今度デートに行きましょうね。わたくしが街を案内してあげる」

「いいね」

「お洒落して行きましょうかクラース。服を選ぶのも、髪もわたくしにやらせて。素敵な紳士にしてあげるから」

「ああ。君の選ぶものなら間違いないだろう」

オリヴィアもわくわくしてきた。デートなんて初めてなのだ。

街を男性と手をつないで歩くのは、どんな感じだろう。相手が彼ならばきっと楽しい。

初めてのいろいろにきっと驚いて、彼は少年のように瞳を輝かすのだろう。

オリヴィアは目の前のきれいな目を、そっと見返す。

「じゃあ、今日は健全に、すやすやと眠りましょうか。わたくしの初めての恋人さん」

「ああ君はそうしたまえ。私は眠れるわけはないのはわかっているが気にしないでくれ」

「承知いたしました」

大勢の人の前に立った緊張と、疲労。大きな人に抱かれている安心感に、オリヴィアはすっと眠りに落ちた。

そっと、クラースの手が、眠りに落ちた人の美しい栗色の髪を撫でる。

一束すくい、男はそこにそっと唇を当てた。

この人が愛しい、愛しいと。彼の全てがそう言っている。

「きれいに晴れましたね！」

馬車をクラースに手を取られて降りながら空を見上げた。全身オリヴィアの手で整えられたクラースが立っている。

今日オリヴィアは煉瓦色のコートを着ている。はぐれても見つけやすいかなと思って。

クラースはオリヴィアが選んだ、しっとりとした生地の銀に近しい灰色の外套を纏っている。丈が長いが、足も長いのでちょうどいい。

髪は後ろで一つにまとめ額が出ている。きれいなラインの横顔が、いかにもいいお家のお坊ちゃんですというふうに見えて面白い。

「どこに行くんだい？」

「まずは有名どころ。アフェット橋へ」

「聞いたことがある」

「『トプソンの旅』、『泣く男』に出ていますわ」

「ああ。犯人が走って逃げた」

「そうです。きれいな橋ですよ。遊覧船と、美味しい氷菓子のお店がありますけど、まだ寒いので温かくて甘い珈琲にいたしましょう。美味しい揚げ菓子もありますわ」

「ここから歩いていくのかい？」

「ええ。クラースには運動が必要です」

「わかった」

並んで歩いているうち、そっと手を取られた。オリヴィアは彼を見る。

「待ってくださいな」

「……ダメだったかい？」

手を離し、クラースがしょんぼりとした。オリヴィアは微笑んでみせる。

「いいえ。少しも」

オリヴィアは手袋を外した。クラースがそれを見てパッと顔を明るくし、自分のものを外す。

「お願いします」

「はい、喜んで」

微笑み合い直に手を握った。胸がポカポカする。少し恥ずかしい。

「なんだかドキドキしますね」

「ドキドキどころの話じゃない。私は今全身が心臓だ」

「楽しい」

「私もだ」

目を見合わせてまた笑う。ただ歩いているだけ。なのに見慣れた街が違うものに見える。

やがて河が見えた。人が多い。クラースは上手にそれをよけることができずオロオロしている。

「これはお祭りというやつかい？」

「ここの通常営業ですよ。あそこはアクセサリー店、少しお高めの服屋さん。アンティークの時計店に、伝統ある靴屋さん」

「この通りだけでなんでも揃うね」

「ええ。眺めるだけでも楽しくて」

カラフルなお店の数々。趣向を凝らした看板に、ショーケースの中のとりどりの商品。

絵描きが河の絵を描いている。小さな子どもが駄々をこねて母親を困らせ、オレンジを落とした人に拾ってあげた人が声をかけている。

鳥が数羽並んで地面の上をつつき、木の葉が舞っている。人々が連れだって歩き、店の前で足を止め、店先の商品を覗き込んでいる。

ああ、外だなあと思った。当たり前のことだが。

「あれが噴水か」

「はい。コインを入れますか？」

「コイン？　何故だい？」

「『郷愁』にありましたでしょう。生きてまたここに帰ってこられますようにというおまじないです」

「ああ、主人公が戦場に行く前に寄った場所か」

「ええ。当時は水浴びをする人もいたらしいのですが、今は禁止されているわ」

「そうか。では投げておこう。金貨でいいのかい？」

「太っ腹すぎます。銅貨一つで充分です。目を閉じて投げるんですよ。あの鳩の羽の上に載ったら幸運が訪れます」

「的が小さい」

「幸運とは、それほどにとびきり稀なことなのですわ」

二人とも目を閉じ、コインを投げた。そして開ける。

先ほどまで何も載っていなかった鳩の羽に一つ、銅貨が載っている。

「……」

目を見合わせた。どちらのものかわからないが、すごい。

近くで腸詰の屋台をやっていたおじさんが叫ぶ。

「やるな姉ちゃん！　豪運の女神さまだ！」

「わたくしのでしたか？」

「ああ。そっちの兄ちゃんのはすぐ手前に落ちたよ。女神に運の分け前をもらおう。食ってくれ。うまいよ」

「おいくら？」

「タダだ。こんな目立つカップルがうちの肉食ってたらいい宣伝になるしな」

「目立ちますか？」

おじさんはにやりと笑った。

「男前と美人で、金持ちそうで、なのにどっちも初々しいときた。ついちらちら見たくなっちゃうね。お似合いだよお二人さん。美人で豪運の彼女。こっちも運のいい兄ちゃんだな！」

「はい。とても運がいいですありがとうございます」

礼を言いながら受け取りそこを離れベンチに座り、紙に包まれた腸詰にかぶりつく。弾けた熱い肉汁が口いっぱいに広がって、オリヴィアは目を見開いた。

「美味しい！」

「うん。美味しいね」

それからはっとしたように手を止め、空を見上げた。

「……初めて屋敷の外で、太陽の下で物を食べたよ」

オリヴィアは微笑む。

「ええ。これからそういうことをたくさん増やしていきましょう。美味しいわねクラース」

「うん。美味しい。みんなにも買ってってあげたいくらいだ」

「ええ。でもきっとあつあつじゃないとこの味にはならないわ。これはこの風景を見ながら、ここで食べるべきものなのよ、きっと」

「そうか。そうだね」

河の流れを見ながらそれを食べきり、また歩き出す。手をつないで。

「春になるとここの花が一斉に咲くわ。白とピンクの花。全盛期は河に映って、散るころには花びらが川面を覆って、本当にきれいなのよ」

「ぜひ見たい」

「ええ。お弁当を持ってきましょう。ジェフリーさんに頼んで。みんなで。楽しいわ」

「ああ。きっと楽しい」

クラースがオリヴィアを見ている。なんだろう屋敷の中よりも、その視線がくすぐったい。

「せっかく外に出たのだから、わたくしではなく街を見て、クラース」

「街にいる君を見ている。いきいきしていて楽しそうで可愛くて、目が離せない」

「そう」

時計台の鐘の音がした。鳩が一斉に飛ぶ。

「一羽、白い鳩がいた」

「幸運のシンボルだわ」

「他と違うと生きにくいんじゃないかな」

「個性があっていいじゃない。きっと周りに一目置かれてるわ」

「白いねって？」

「ええ。白いねって」

声を上げて笑う。話していることの内容なんて、きっと意味がない。でもこうして並んで話していることが楽しいのだ。

「あ」

布を敷いてちょっとした物を売っている人がたくさんいる。その一つの前でオリヴィアは足を止めた。

押し花を貼ったしおりだ。よく見れば季節の順に並べられていて、こだわりを感じる。

売り手の、花の刺繍の入った布を頭に巻いた可愛いお婆さんがオリヴィアを見てにこりと笑った。

「欲しいのかい？」

「ええ。欲しいなと思っていたの。読みかけの本が増えてしまって」

「本はいくらでもあるからね」

「ええ。……少し前までは、必ず一つの本をなるべく早く最後までと思っていたから。まだいくらでも続きが読めるとなったらどうしたことか突然浮気者になってしまって」

「……いくらでも浮気してくれ。ただし本に限る」

そう言うクラースの真面目な顔を見返した。

「もちろん。ほかは一筋だわ」

「本当に？　世の中にこんなに男がいても？」

「ええ、あなただけよ。心を疑わないで」

くすくすと笑いながら、しゃがみこんでしおりを手に取る。

ラパルの花があった。小さな花がそれを囲むように周りでわいわいしている。割と庶民的な花なのに、こんなに可愛く特別にしてもらって、と笑う。

「それにするかい？」

「ええ。買ってくださるの？　旦那様」

「もちろん。同じものがあるなら私も買おう」

長い足を折って隣にしゃがみ、嬉しそうに彼は笑う。立派な伝統のあるものをたくさん持っているのに、彼はこんな、銅貨数枚で買えるものを心から喜んでくれる。

「……」

じっと、そんな夫をオリヴィアは見つめた。

お婆さんに礼を言い、入れる場所がほかにないからとクラースは財布にそれを入れた。

「しおりを買ったらはさむ本を選びたくなった」

「大きな本屋さんがあるわ。帰りに寄っていきましょうか」

「いいね。きっと私が落ち着く」

「そうでしょうね」

やがて大きな橋に到着した。石造りの重厚な橋。入口でオリヴィアは足を止める。

「このアフェット橋には伝説があるの」

「なんだい？」

「目を閉じて歩んで、自分が『ここがアフェットの真ん中だ』と思うところで目を開ける。そのとき目の前にいた人が、自分の運命の人。その人と橋の上で口づけを交わせば、一生幸せになれるのよ」

「うっかり河に落ちそうだね」

「そのせいで手摺が高くなったらしいわ」

「やったことがある？」

聞かれ、そっとオリヴィアは首を振った。

「いいえ。そんな人には、出会ってはいけないと思っていたから」

「そうか」

橋から河を見る。手摺が高いから、オリヴィアは背伸びをしなくてはいけない。よいしょと頑張っているオリヴィアを、クラースが見た。

「肩車をしようか？」

「お願いします」

「冗談だ。幸せすぎて千鳥足になった私が君ごと落ちるだろう」

「残念」

笑いながら橋を歩み切った。

「こっち側はがらりと雰囲気が変わって、市場よ。いろんな食べ物が買えるわ」

「見たことのないものばかりだ」

そう言って足を止めたクラースに、どんと誰かがぶつかった。

「失礼、まだ歩き慣れていなくてね」

ぶつかった少年が振り返りもせず無言で離れていく。

「……クラース」

「なんだい」

「財布を確認して」

その言葉が聞こえたのだろうか。ダッと少年が走り出した。

「ない」

「スリだわ」

どうするのだろうと思ったら、クラースが彼を追って猛然と走り出した。

あの人走れたのね、と、その背中をオリヴィアは呆然と見送った。

すばしっこそうな男の子だった。人をよけるのもお手の物だろう。大人と子どもの脚力の差はあるとしてもまあ、きっと追いつけまい。念のためオリヴィアもいくらか持たせてもらっているし、帰りの馬車代くらいは大丈夫だろう。

予定が変わってしまったことは残念だけど、これも厳しめの社会勉強の一つかしら、と思いながら、オリヴィアは橋の手摺にある菱形の金属の飾りを撫でた。

「……」

橋を行く人たちを見る。

オリヴィアはこの橋の、運命の人に出会うおまじないをしたことはない。

だが、かつて数えたことはある。この飾りはこの橋の上に等間隔に、全部で五十個あることを知っている。

どこまで行ったかはわからないけど、きっと戻ってくるだろう。それまでただ立っているのも退屈だ。

オリヴィアは目を閉じた。

手の感覚を頼りに進む。触れる飾りの数を、頭の中で数える。

一、二、三、……二十三、二十四、二十五。
オリヴィアはゆっくりと目を開けた。

目の前に、銀色の髪の立派な紳士が、汗だくではあはあ言いながら立っていた。オリヴィアはその人の顔をじっと見た。こんなにも人がたくさんいて、美しい風景が広がっているというのに、目の前の水色の目はオリヴィアだけに向けられている。

「一人にして、すまなかった、オリヴィア」

「……捕まえたの？」

「ああ。おそらく、先程の私は、これまでの私の人生で、最速だったはずだ」

「あの子を警護団に？」

「いや。病気の家族がいるそうで、これで薬を買いなさいといくらか渡してきたよ」

「なんて扱いやすい大人かしら。わたくしの予想では、きっと病気の家族はいないと思うわ」

「それはよかった」

クラースが笑っている。髪がぐしゃぐしゃになって、汗まみれの額に張り付いている。

彼の指が細い紙を示した。その表面で、おめかししたラパルの花が友達に囲まれて笑っている。

「好きな女性と選んだ、初めての買い物。私の一生の記念の大切な宝物だ。悪いがこれだけは誰かに渡すわけにはいかない。彼に追いつけて、本当によかった」

「……」

きっと、こういうところ。

この人のこういうところを、オリヴィアはきっと、たまらなく好きなのだと思う。

オリヴィアは背伸びをした。

汗だらけでもかまわない。その頰に、そっと口づける。

クラースは数秒間石のようになったあと、そっと頰を押さえ、オリヴィアを見た。

「……あたたかくてやわらかい……頑張って走ったご褒美かい？」

「ええ。あと、アフェット橋の伝説にあやかって。わたくしの運命の人さん」

腕を伸ばし、彼の襟を直してやる。

「……ここは半分？」

「わたくしはそう判断しました」

「そうか」

じっと、クラースがオリヴィアを見ている。ふと視線を外し、橋を行きかう人たちを見てから、またオリヴィアを見た。

「……本当に、夫が私でよかったのか、オリヴィア。世界に出ると、私はどうやら子ども以下だ。そして今まで私は世界に、こんなにも人間がいると思っていなかった」

そっと腕に手をかけ、夫を見つめる。

「そう。ちなみに、世界にはたくさんのきれいな女性がいることには気づいていらして？」

驚いたように、クラースはオリヴィアを見た。

「君以外に？」

真剣に聞かれ、オリヴィアは笑ってしまう。作り物ではない、本当の笑顔で。

「世界にたくさんの人がいることを、わたくしは知っていたわ。でもそのたくさんの中で、あなたが好きなのクラース。今知らないことを恥じないで。最初はみんなそうだわ。これから知っていくことをいっしょに楽しみましょう」

ゆっくりと橋を、もと来たほうへ歩む。

「疲れたでしょう。今日はおうちに帰りましょう。きっとみんな、大丈夫かなと心配しているわ。みんなに、意外とクラースの足が速いことを教えないと」

「あのときだけだ。とにかく必死だった。もうあんなに速くは走れない」

「そう。走るあなたってかっこよかったのに、残念」

「よし明日から毎日走ろう」

乱れた髪を整えてやって、オリヴィアとクラースは、家に向かって歩む。

古き伝統あるオールステットの、広くあたたかな屋敷へ。二人で。手をつないで。

『どうして僕は学校に行かないんです？』

家庭教師によるいつもの授業を受けたあとふと尋ねると、父は悲しげに微笑んだ。

クラースと同じ銀色の髪を持つ、静かで穏やかな人だった。

『すまないクラース。オールステットの男が女の人を愛すると、その人が死んでしまうんだよ』

『お母さんはそれで死んだのですか？』

父は首を振った。

『お母さんは事故だった。お母さんに出会う前、私の好きだった人が、私が好きになったから死んでしまった』

そう言う父の目は悲しそうで、寂しそうだった。

小さい頃はよくわからなかった。ただそれはとても悲しいことで、起きないほうがいいことなんだなと思っただけだ。

父の意向ではなく、自らの意志で女性を目に映さないと決めた青年時代になっても、クラースはおそらくその本当の意味をわかっていなかった。書の中にたびたび現れる『愛』を、とても不思議に思っていた。

大国の王が美女に心を奪われ国を滅ぼし、若き男女が叶わぬ愛のために心中する。不倫の愛のために金持ちの奥様が身を滅ぼし、一人の女性への愛ゆえに、大勢の人の命を救えるはずの戦士が死ぬ。

愛は人を愚かにする毒なのだろうか。呪いなのであろうか。

わからない、わからないと思い続けた。わかることが恐ろしいとすら思っていた。

父はクラースに生涯、彼の前妻の肖像画を見せなかった。見せたのはどんなときでも変わりない優しさと、魂のどこかをぽっかりと欠いたような、静かで深い寂しさだけだ。

愛と共に何かを亡くした、穏やかで優しい父が好きだった。魂の一部を失う悲しみの強さをクラースは父から学び、だからこそ女性を愛さないと決めたのかもしれなかった。

その決意を一瞬にして覆されたあの日を、クラースが忘れることはないだろう。それはあまりにも突然で、震えるほどに鮮烈だった。

輝く優しい色の髪を美しいと思った。こちらを見る深い緑色の目も。それを縁取る長いまつげも。

唇は赤くふっくらとし、微笑みの形をしていた。白い肌が眩しく、指が触れたらどんなにやわらかいのだろうと思った。

耳に飛び込んだ優しい声のそのやわらかさと、甘さ。彼女の全てに目を吸い込まれ、息が苦しく、胸が高鳴った。

驚いて目を離せないクラースの前で、彼女は魅力的に表情を変えた。目を離せないクラースを優しく、ときにいたずらっぽく、ときに年上の女性のように、常に可愛らしくその目で見返した。

女子というものの可愛さにひたすら驚いていたクラースに、重なる日々が少しずつ、オリヴィアという女性を教えた。その人は常に優しく、賢く、正しい。だが怖がりで、泣き虫で、弱い自分を見せるのが、とても下手な人だった。

彼女を知れば知るほどに、この人を絶対に、オールステットの生贄にはしないという決意が深まった。彼女を絶対に死なせない。決して愛さないと。

満月の夜。差し込む月明りの眩しさを、クラースは鮮明に覚えている。目を見開き、一晩中それを見ていたから。

あれを遮る華奢な影があの扉から覗かないか、万が一にも彼女の悲鳴が響きはしないか。さまざまなことを考えながら、クラースは扉の前で身じろぎもできずに横たわっていた。

そうしながら幾度も、父を思った。愛する人を二度も失った父。それでも穏やかで優しく、正気を失わなかった彼を、改めてクラースは心から尊敬した。今の自分であったら絶対に耐えられないとわかっていた。

大丈夫、針は消えた。呪いは終わった。大丈夫、扉は開く。あの甘やかな声と、眩しい微笑みとともに。必ず。

信じ、信じ、待った。息がしづらく、怖くて怖くて仕方がなかった。あんなに長い夜をクラースは知らない。

扉は内から開いた。かつて望まないと決め、一生諦めていたはずの愛を、クラースは腕の中に得た。これまで知らなかった大きな喜びと、新たな恐怖とともに。

「クラース」

自分の名を優しく呼ぶその人をクラースは見た。

「ぼんやりしてどうしたの？　こんなにきれいなのに」

「……」

いつも優しく彼女は笑う。白い指は滑らかに動き、深緑の目は優しく、きらきらと輝いている。

「また奥様見てるんですか旦那様。花を見に来たんだから少しは花を見たらどうです」

コニーがあきれたように言う。

今日は初めて彼女とデートした場所で、布を敷き、ジェフリーの料理を広げて宴会をしている。

たまにはということで男性陣は泡立つ酒を飲み、いつもと変わらずに美味い料理に舌鼓を打つ。

白と桃色の花が頭の上で満開になっている。ときどきそれははらりと落ちて、ジェフリーの料理と、自分たちの頭に降りかかる。

「すいませんね、使用人ごときが家族連れで」

そういうジェフリーの隣にはくるりんとした長い金色の髪の女性が座り、微笑んで料理を口に運び、舞い散る花びらを見ている。

二人は常にどこかが触れ合っている。ときどきじゃれあうように軽いキスをしている。不思議にそこにいやらしさは感じない。お互いのことが好きで好きで、その人につい近づいてしまう。互いに引っ張られて触れてしまうという様子だ。うらやましい。

『なんでジェフリーに奥さん連れてこさせたんですトビアスさん。目の毒なんですけど』

『見本をと思ってな。このままじゃいつまでも子ができんだろう！』

『ああ、なるほど』

『わざとらしくいちゃいちゃせよと言ったら、『じゃ、いつも通りでいいな』と腹をかきながらのたまいよったぞあの男』

『一回言ってみたいなそんな台詞！』

「あら、偶然ですこと」

そんな声に、トビアスと内緒話をしていたコニーが顔を上げた。げっと言ったような気がする。

コニーの姉、アマンダが背筋をぴんとさせて立っている。

「ごきげんようオールステットの皆さま。げっ、とはなんですコニー。ああ、こちらは知り合いのマリー嬢。あらちょうどいいコニーの横が空いているわねお座りなさいな。ほらコニーぼさっとしていないで食器をお回しなさい気が利かないんだから」

「トビアスさん!?」

「私じゃない。偶然だ」

「んなわけあるかどんだけ広いと思ってんだここ！」

はらはらと花が降る。その先で、クラースがこの世で最も見つめていたい女性がこちらを見て微笑んでいる。胸がざわざわし、同時にあたたかく、だがしかし、痛いようにきゅっとなる。

「……」

「なあに？」

「いや、……君を愛しいと思っていた」

彼女が笑う。頬を染めて。

恋。愛。これまでクラースの中になかったそれが、恐ろしいほどの大きさで胸を満たしている。

苦しいほどに。

確かにこれは国を滅ぼし、身を滅ぼし、命を削るものだ。自分で制御することができない、あまりにも重く、大きいもの。

彼女の手が料理を皿にのせ、クラースに渡す。その手付きまで愛しい。

「今度旅行にも行きたいですね。少し足を延ばせばいい温泉があるの。お肌がツルツルになるのよ」

クラースは首をひねった。

「君はもともとツルツルだろう？」

「あら。触ったこともないくせに」

「背中は触った」

笑い合い、美味しいものを食べる。ジェフリーが奥さんと微笑み合いながら花を見ている。コニーが横の女性と、何か楽しそうに話し出した。コニーのお姉さんとトビアスが、何か世間話をしている。

それを見て嬉しい、楽しいと思う心もまた愛であるのだとふと気づいた。やはり怖いものだ。これはあまりにも強く、大きすぎる。

ぎゅっ、と、彼女の手を握る。彼女の目を見る。

「……愛はこわいものかい、オリヴィア」

静かな深緑の目が、時折舞い落ちる花弁の色を映しながらクラースを見る。

「方向を間違えてしまえば、こわいものになることもあると思います。……でも」

きゅっと彼女の手がクラースの手を握った。微笑んで。

「わたくしは愛がなければ生きられなかった。最初はこわくて、それに触れることにとてもドキドキしたけれど、わたくしはもう、愛が大好き」

「……」

握った手のあたたかさ。肩にかかる彼女の愛しい重みを感じながら、クラースは彼女の美しい髪に舞い降りた花びらを見る。

花は咲けば散る。いずれ散るのに咲くことを、彼らは躊躇ったりはしないのだろうか。

上を見る。降り落ちる白と桃色。

短い季節を全力で咲ききって散るこれは、今、こんなにも美しい。


「オリヴィア」

「なあに」

「君を愛している」

クラースはじっと妻を見た。何度でも見つめ、これからも見つめ続ける。長いまつ毛に縁どられた深緑の美しい目がそれを優しく見返す。

「わたくしも、あなたを愛しています。クラース」

それは記録しなければ消える。決して時を遡れない。書き留めるか、そのとき、そのときに、誰かに伝えるしかない。何度でも。

「愛しているよオリヴィア」

「はい、旦那様。わたくしも」

笑いさざめく人々の中で互いを見つめ合う。

広場に、たくさんの言葉と、花びらが舞っている。

あとがき

このたびは『オリヴィア嬢は愛されると死ぬ　～旦那様、ちょっとこっち見すぎですわ～』をお読みいただき、誠にありがとうございます。

作者の紺染幸です。原稿本文、おまけのショートストーリーを最後まで書き終え、とてもホッとしながらこのあとがきを書き始めております。

『小説家になろう』にて短編として掲載した本作は、書籍にするにあたり、全体の三分の二を加筆いたしました。書籍化のお声がけをいただいた際は『もう全部書いたつもりだけど、今からそんなに書けるだろうか』と初めてのことに大変冷や冷やしていたのですが、書き出してみれば最後はむしろ削る羽目になるほど出来事が増え、とても驚きました。

ずっと同じ屋敷の中、同じメンバー。制約ばかりの中にあっても表面上は皆が精一杯明るく楽しく時を過ごし、なんとか少しでも幸せに死のう、死んでもらおうとするオールステットの皆。ときどき自分から変な音が出たり目を押さえたりしながらの執筆になりましたが、彼らの生活を書くことができて、あの屋敷で流れていく季節を彼らと一緒に過ごせて、ずっと楽しかったです。

このたびはお読みいただきました御礼に、作中のオリヴィアの手紙、オリヴィアが誰にも見せずに燃やし、棺よりも早く燃え上がり風にのって消えていったあの白い手紙を、ここにひっそりと置いておきます。

オリヴィアが誰にも見せなかったものなので、最初はもう少しこっそりとカバー裏あたりに載せて気付いた方にだけ見てもらおうと考えていたのですが、それじゃあ誰にも気付かれないだろうということで、この形になりました。

少し中を読みたいような、見てはいけないような。あのときのコニーと同じ気持ちになったお方だけ、ひっそりとお読みください。オリヴィアという女の子がそっと隠し、誰にも知られずに消えてしまった本心の羅列の記憶を、少しだけ。

このたびはこのお話をお読みいただき、誠にありがとうございました。

クラース
オリヴィア
フリル
片方だけ

ヒロインのオリヴィアは普段の癖を抑えて乙女向け作品にありそうな
きれい系デザインにしてみました。
ヒーローのクラースは「美男子…美男子…！」と頭の中で何度も
唱えながらとにかく顔の良いイケメンを描こうと頑張りました。
ラノベで男性キャラを4人もデザインするのは今回がはじめてで、
老紳士？！髭があって体格の良い男？！どれもはじめて描くタイプで不安でしたが
何とかやり遂げました。ご満足いただけたら嬉しいです！！

GC UP!
毎月7日発売
悪役令嬢は溺愛ルートに入りました!?
原作：十夜・宵マチ　作画：さくまれん
構成：汐乃シオリ
失格紋の最強賢者
～世界最強の賢者が更に強くなるために転生しました～
原作：進行諸島（GAノベル/SBクリエイティブ刊）　漫画：肝匠&馮
(Friendly Land
キャラクター原案：風花風花
神達に拾われた男
原作：Roy　漫画：蘭々
キャラクター原案：りりんら
転生賢者の異世界ライフ
～第二の職業を得て、世界最強になりました～
原作：進行諸島（GAノベル/SBクリエイティブ刊）　漫画：彭傑（Friendly Land）
キャラクター原案：風花風花
お隣の天使様にいつの間にか駄目人間にされていた件
原作：佐伯さん（GA文庫/SBクリエイティブ刊）　原作イラスト：はねこと
作画：芝田わん　構成：優木すず
ここは俺に任せて先に行けと言ってから10年がたったら伝説になっていた。
原作：えぞぎんぎつね（GAノベル/SBクリエイティブ刊）　漫画：阿倍野ちゃこ
ネーム構成：天王寺きつね　キャラクター原案：DeeCHA
勇者パーティーを追放されたビーストテイマー、最強種の猫耳少女と出会う
原作：深山鈴　漫画：茂村モト
マンガUP!
毎日更新
●「攻略本」を駆使する最強の魔法使い ～<命令させろ>とは言わせない俺流魔王討伐最善ルート～
●おっさん冒険者ケインの善行
●魔王学院の不適合者 ～史上最強の魔王の始祖、転生して子孫たちの学校へ通う～
●二度転生した少年はSランク冒険者として平穏に過ごす ～前世が賢者で英雄だったボクは来世では地味に生きる～
●異世界賢者の転生無双 ～ゲームの知識で異世界最強～
●冒険者ライセンスを剥奪されたおっさんだけど、愛娘ができたのでのんびり人生を謳歌する
●落第賢者の学院無双 ～二度目の転生、Sランクチート魔術師冒険録～
他

GC ONLINE
毎月12日発売
月刊少女野崎くん
椿いづみ
合コンに行ったら女がいなかった話
蒼川なな
ライム倒して300年、らないうちにレベルAXになってました
:森田季節 漫画:シバユウスケ
ル/SBクリエイティブ刊)
ラクター原案:紅緒
わたしの幸せな結婚
原作:顎木あくみ 漫画:高坂りと
(富士見L文庫/KADOKAWA刊)
キャラクター原案:月岡月穂
経験済みなキミと、経験ゼロなオレが、お付き合いする話。
原作:長岡マキ子 漫画:カルパッチョ野山
キャラクター原案:magako
アサシン&シンデレラ
夏野ゆぞ
私がモテないのはどう考えてもお前らが悪い!
谷川ニコ
同居人の佐野くんはただの有能な担当編集です
ウダノゾミ
SQUARE ENIX WEB MAGAZINE
ガンガンONLINE
オンライン
毎日更新
●血を這う亡国の王女 ●王様のプロポーズ ●魔術師団長の契約結婚
●落ちこぼれ国を出る ~実は世界で4人目の付与術師だった件について~
●家から逃げ出したい私が、うっかり憧れの大魔法使い様を買ってしまったら 他
©Akumi Agitogi Licensed by KADOKAWA CORPORATION ©Kisetsu Morita/SB Creative Corp.

SQEXノベル

オリヴィア嬢は愛されると死ぬ
～旦那様、ちょっとこっち見すぎですわ～

著者
紺染 幸

イラストレーター
DSマイル

2023年12月7日　初版発行

発行人
松浦克義

発行所
株式会社スクウェア・エニックス
〒160－8430
東京都新宿区新宿6－27－30　新宿イーストサイドスクエア
（お問い合わせ）スクウェア・エニックス　サポートセンター
https://sqex.to/PUB

印刷所
中央精版印刷株式会社

担当編集
齋藤芙嵯乃

装幀
百足屋ユウコ＋フクシマナオ（ムシカゴグラフィクス）

ISBN978-4-7575-8884-4 C0093　Printed in Japan